幼馴染、ときどき女子高生。リボンをするのは俺の前で。

花宮拓夜

角川スニーカー文庫

24565

Osananajimi,
Tokidoki JK.
Ribbon wo Surunoha
Ore no Mae de.

CONTENTS

口絵・本文イラスト／昌未　口絵・本文デザイン／AFTERGLOW

プロローグ

Osananajimi,
Tokidoki JK.
Ribbon wo Surunoha
Ore no Mae de.

地元の大きな公園がふと目に留まり、俺は自転車のペダルから地面に足を着いた。

夕焼けのオレンジに包み込まれた公園に、自然と体が吸い寄せられる。

「そういえば、これくらいの時期だったか」

当時、小学三年生——約八年前まで記憶が遡る。

あの日、この場所で、俺はある女の子の涙を目にした。

夕焼けに照らされて水面《みなも》がキラキラと揺れる池の前に、当時の自分と彼女の姿がぼんやりと浮かんでくる。

「あたし、そら君とバイバイしたくない……したく、ないよぉ……っ」

俺の服の袖を掴《つか》み、涙で顔をぐしゃぐしゃにしながら訴えかけてくる。が、あの頃の俺は——いや、今だって俺は、そんな彼女を引き止める事なんてできはしないのだ。

湯城優愛《ゆしろゆうあ》——彼女は親の都合で、ここ埼玉から東京への引っ越しが決まっていた。

埼玉から東京なんて電車に乗れば大して遠くもないのだが、あの頃の感覚では遥《はる》か遠く離れた簡単には行けない場所だった。

涙を流す彼女の両肩に手を触れ、少し屈《かが》んで目線を合わせる。

「これでバイバイなんて、絶対にさせないから。今より俺がデカくなって、男らしくなって、そしたら……絶対、絶対に優愛を迎えに行くから！」

「ほんと？　あたしの事、忘れず迎えに来てくれる……？」

「誰が忘れるもんかっ。それで、次にお互い大人になって会った時――」


――結婚しよう、か。


夢から覚めたように、幼き日の二人は俺の前から姿を消した。

思えばあの時が、これまでの人生で最も俺が輝いていた瞬間かもしれない。

あんなにも格好良《かっこい》いセリフなんて今では小っ恥ずかしくて口が裂けても吐けないし、それを伝える相手すらいない。

現在、今年で十七歳になる高校二年生――あと一、二年も経《た》てば大人の仲間入りをしてしまう年齢だというのに、男らしさは小学三年生の自分に完敗している。

こんな状態じゃ優愛に合わせる顔がないし、そもそも携帯番号やＳＮＳのアカウントさえも知らないのだから、会う術《すべ》すら持ち合わせていない。

「はぁ……どこで何してるのかな、あいつ」

内気なのに俺の前ではやたら明るく、小柄で泣き虫だけどクラスメイトの誰よりも笑顔が可愛《かわい》い女の子——きっと会わない間に、一段と可愛らしく成長している事だろう。

「結婚相手の枠だけは、ずっと空いてるんだけどなぁ」

とはいえ、小学生の口約束なんてあってないようなものだ。

俺の事なんてとっくに忘れているだろうし、覚えていたとしても約束まで……ましてやそれを果たそうとしているわけがない。

何なら俺だって、今更その約束を本気で果たそうとはしていないのだから。

恋人がいないのは彼女と結婚するためではなく、単純にモテないだけ。

一体俺は、どこで道を踏み外してしまったのだろうか？

小学生時代には確かにあった自信をどこかに失い、今や異性とまともに喋《しゃべ》る事さえできなくなった俺——都築空斗《つづきそらと》は、数年前の青春に未《いま》だ縋《すが》る情けない男と化していた。

再会したのはトイレの前で。

Osananajimi,
Tokidoki JK.
Ribbon wo Surunoha
Ore no Mae de.

高校二年生に進級してから早二ヶ月が経った、六月の初め。

多くの生徒が新しいクラスに慣れ始め、徐々にグループが確立されていく頃、俺は息を潜めるように机に突っ伏し、誰とも関わらず休み時間をやり過ごそうとしていた。

友達がいないわけではないが、休み時間に気兼ねなく雑談できる相手は教室のどこを探しても一人として存在しない。

俺の通う私立芽吹《めぶき》高等学校は生徒数が千人を超えるマンモス校であり、クラス数の多さもあって一年時に話せるようになった人達は全員が別クラスとなってしまった。

本来なら新たな環境で一から友達を作ろうと積極的に話しかけに行くのがベストなのだろうが、生憎《あいにく》タイミングを逃してこのザマである。

一応、隣の席の男子となら軽い世間話くらいはできるものの、俺と違って社交的な彼は現在クラスの中心グループの連中と談笑中のようだった。

「本当に、どこで道を間違えたかな……」

自身の腕枕に顔を埋《うず》めながら、誰にも聞こえない声を溢《こぼ》す。

怖いもの知らずで男女問わず誰とでも分け隔てなく話をする事ができていた小学生時代が、まるで別の世界線の記憶でも見ているかのように思えてきた。

しかし、人間は誰しも少しずつ変わっていくものである。成長に伴って自分の身の丈を知った俺は、段々と物事に対して消極的になってしまったのだ。

あの頃のような自信があれば、もしかすると俺も華々しい高校生活を送れていたのかもしれない。

腕枕の隙間からチラリと片目を覗《のぞ》かせ、教室の隅に固まっているクラスメイト達に目を向けた。

視線の先にいるのは、教室でも一際目立つ女子高生の集合体。進級早々にクラスのカーストトップに躍り出た、四人組のギャルグループである。

今時のJKである事を主張するような丈の短いスカートに、可愛く飾られたネイルとヘアアレンジ――近寄る事さえ躊躇《ため》らわれる強い圧が、彼女達からは溢《あふ》れ出ていた。

だが、そんな関わりがたい奴《やつ》らの中にも「癒やし」はあるものだ。

「……やっぱり可愛いな、南方《みなかた》」

南方咲歩《さほ》――派手なギャル連中の圧を緩和するような温かみのある彼女の雰囲気に、俺はついつい見惚《みと》れてしまう。

金髪のツインテールにスカートからすらりと伸びた色白の脚、シャツの上からでもよく分かる大きな胸——進級後、気付くと彼女を目で追う日々が続いていた。

クラス内のカーストが高いのに変わりはないが、ギャルグループに属していながら南方自身はどことなく完全なギャルには染まっていないようだった。

人付き合いが上手《うま》く誰にでも平等な態度で接する彼女は、クラスで孤立しかけているこんな俺にさえも朝や帰り際に笑顔で挨拶をしてくれる。もはやその挨拶は非モテの俺にとって、一種のファンサービスと言っても過言ではなかった。

ただ、だからといって「俺に好意があるのでは？」なんてイタい勘違いをしてしまうほど、俺は自惚《うぬぼ》れてなんかいない。

クラスのアイドルであり、憧れの存在——南方と付き合えたらという妄想が頭を過《よぎ》りもするが、それは彼女と関わった男子の多くが一度は思い浮かべている事だろう。

それにいくら憧れたところで、自ら南方に話しかける度胸など持ち合わせていない。

俺はまた腕枕に顔を伏せ、寝たフリの体勢に戻る。

特に眠くもないまま視界を暗く閉ざすと、代わりに聴覚が研ぎ澄まされた。

「ねぇー、その話マジなのー？」

「マジマジ！　六組の転校生、ガチでイケメンらしぃよ！」

「二限終わったら見に行くー？　六組の子の話だと、人集まりすぎて廊下からじゃ見えないっぽいけどさぁ」

「東京から転校してきたんだっけ？　実は芸能人って噂《うわさ》ガチかねー？」

「さすがにないっしょー。てか、ほんとに男子なん？　私、転校してくんの女子って聞いてたんだけど、サプライズすぎねぇ？」

ギャル連中の馬鹿デカい声がやたらと耳に入り、段々と鬱陶しく思えてくる。どうせ聞くなら南方の声を所望したいが、あまり会話には参加していないようだった。

……にしても、東京からの転校生か。

小学生の時に地元を去っていった幼馴染《おさななじみ》、湯城優愛《ゆしろゆうあ》の存在が頭の片隅に蘇《よみがえ》る。

これが「東京から転校生が来た」と耳にしただけであれば、「優愛が地元に戻ってきたのか⁉」なんて淡い期待で胸を躍らせる事もできていたのかもしれないが、事前に「イケメン」という情報を得てしまったらそんな妄想を入れ込む隙すらない。

「とりま、次の休み時間はみんなでイケメン鑑賞しに行こーっ！」

お気の毒にも転校生は、動物園で飼育されているアニマルのように見世物となる未来が確定しているらしい。ご愁傷様である。

微《かす》かに目を開いて辺りを見渡すと、ギャル達の盛り上がりとは相反して周囲の男子達はどこか面白くなさそうに眉間に皺《しわ》を寄せていた。そういう俺の眉間にも、自然と皺ができている。情けない話、単なる嫉妬だ。イケメンが妬ましくて仕方ない。

「ねー。勿論《もちろん》、咲歩も行くっしょー？」

「……ッ！」

ギャルの一人が口にした南方に対する問いかけに、俺は大きく動揺する。

相当な勢いで腕枕から顔を上げ、気付けば彼女達に視線を向けていた。

机は音を立てて揺れ、クラスメイトの目が一斉に俺へと集まる。その中には「誰だよお前？」という意を孕《はら》んだ、ギャル達の冷ややかな視線も含まれていた。

「確か、都築《つづき》だったよな。うちらに何か用？」

目の合ったギャルが抑揚のない声で、物凄《ものすご》い圧をかけてくる。

「あっ、いや別に……。悪い夢を見て、つい飛び起きただけだから……」

頭を掻《か》きながら困ったような笑顔で誤魔化《ごまか》し、俺はすぐさま顔を引っ込めた。

聞き耳を立てていたのが悪いのだが、それがバレたとしても普通あんな眼圧で睨《にら》んでくるか？　イケメンと俺に向ける表情の格差に、胸が痛くなる。

「んで、咲歩はどう？　さっきからだんまりだけどさー」

余計な存在である俺を威圧して払い除《の》け、再び会話は始まった。

俺は性懲りもなく耳を澄まし、心臓を波打たせながら彼女の回答を待つ。

頼む、「行かない」と言ってくれ。イケメンなどに興味を持たないでくれ。俺みたいな奴にもまだ希望があると、少しでいいから夢を見させてく——

「みんなが行くなら、行こうかな……」

はい、見せてくれませんでした。

反応からして、南方はイケメンに興味津々というわけではなさそうだ。

しかし友達付き合いであったとしても、南方がイケメンと接触する可能性が生じるのは、彼女をアイドル視している俺にとってはとてつもなく絶望的な事だった。

南方ほどの可愛らしいルックスと社交性を兼ね備えた女子であれば、大抵の男は簡単に魅了されてしまうだろう。

件《くだん》の転校生に彼女が興味を持ったら、俺の憧れは一瞬で砕け散る。ただ当然、それを阻むなんて俺には到底できやしない。

自身の腕をほのかに涙で湿らせながら、俺は寝ているフリを続けるほかなかった。

☆

二限終わりの休み時間、ギャル達は六組の転校生を見物しに行ったようだ。

「ねぇ、マジで格好良くなかった？　取り巻き多すぎて、ちょっとしか顔面拝めなかったけどさぁー」

「あれ狙うのは倍率高そー。ね、咲歩はどう思う？」

どうやら噂は本当だったらしく、転校生はかなり顔が整った男らしい。我がクラスの面食いなギャル連中がこうも高く評価しているのだから、実際相当なのだろう。

「うーん。扉の窓越しだったし、ほとんど見れてないからなぁ……」

幸いにも、南方は転校生の顔をはっきりとは目にしていないようだった。

人差し指で頭を掻きながら、彼女は「あはは」と笑顔を繕う。

教室に戻ってきたギャル達の会話に聞き耳を立ててほんの少し安堵《あんど》するも、結局は遅いか早いか時間の問題だろう。

学校に通う限り、南方が例のイケメンを間近で見てしまうのは避けようがない。とはいえ六組まで一度出向いた事で、ギャル達はある程度満足したようだ。

次の休み時間にもなれば転校生の話題は徐々に減っていき、会話内容は普段と大差ないものに自然と戻っていった。

ギャルグループ以外でも昼休みくらいまでは教室の至る所で例の転校生が話題の中心に躍り出ていたが、放課後が訪れる頃にはだいぶ沈静化していた。

これが自分のクラスに来た転校生であればもっと長く話題の中心を独占していたのだろうが、他クラスの出来事となれば案外淡白なものらしい。

「けど、やっぱり気になりはするよな……」

帰りのホームルームが終わると、俺は教科書を詰め込んだカバンを背負ってそそくさと四組の教室を後にした。

校舎自体は同じであるものの、六組の教室は四組よりも上の階に位置している。

さすがに放課後ともなれば取り巻きも少しは減っているはずだし、扉の窓越しでも顔くらいなら窺《うかが》えるだろう。

「……って、全くの見当違いかよ」

六組の様子を扉の外から覗くと、ある一つの席を中心に人の円ができていた。

その大半は六組の女子達で、多くの男子共はどこか拗《す》ねたように教室を去っていく。女子達の注目を独占する奴がクラスに突如として現れたら、そりゃ面白くないはずだ。

男子生徒が退散した事で教室の人口密度は下がり、ようやくお目当ての転校生の全貌が明らかとなった。

「!?　ああ、マジか……」

彼の顔がようやく視界に映るなり、俺はどこか諦めがついた。

もはや嫉妬をするのも烏滸《おこ》がましいと思えるほどの、圧倒的に恵まれた容姿——正真正銘のイケメンが、その席には座っていたのだ。

ああいうのを「中性的」とでも言うのだろうか？　色白で線の細い綺麗《きれい》な見た目に、髪は肩まで伸びた黒主体のウルフカットで、襟足のみが赤く染まっている。

服装は俺と同じ学校指定の制服だというのに、完璧すぎる容姿によって全く別物の煌《きら》びやかな正装のように一瞬錯覚してしまう。

そんな転校生に目を奪われていると、彼は席から立ち上がり荷物をまとめ出した。

クラスメイトとの会話は廊下からだと聞こえないが、取り巻き達に手を振っている様子を見ると一人どこかに向かうらしい。

別れ際にただ手を振っているだけでもサマになるとか、美形が過ぎるだろ……。

ふと廊下に向かって歩いてくる彼の姿が目に入り、俺は咄嗟《とっさ》に扉から距離を取った。彼は出入り口を抜けると、俺の横を通り過ぎて階段へと足を急がせる。

「そうか、転校初日だもんな」

一階、昇降口の反対側に位置する職員室に近い方の階段を下りていった彼を見て、向かった先での用事まで予想がついた。

きっと転校してすぐのため職員室で諸々《もろもろ》の書類を渡されたり、「一日生活してみてどうだったか」など担任教師と話をしたりするのだろう。

それはそうと、完全敗北である。

そもそも俺みたいな奴が転校して早々に「イケメン」と騒ぎ立てられるような男と張り合えるなんて微塵《みじん》も思っていなかったが、あれは間違いなく学校一……いや、日本全国探してもトップクラスに入るレベルの容姿だった。芸能人と噂されるのも納得だ。

南方と彼がすでに面識を持っているわけではないが、彼女ほどの可愛《かわい》くて性格の良いクラスのアイドルは、あれくらいのイケメンとでないと釣り合いが取れないだろう。

スタートラインにすら立てていないのに、すでにフラれた気分だ。

ただ、ほんの少し――彼とすれ違った一瞬、何かが引っ掛かった。

間近で見るとより痛感する、色白でキメ細かい肌と異様に整った横顔――ふわりと舞った赤の襟足に、ほのかに甘い香り。

男子高校生の平均身長と比べたら少し小柄なものの、背筋の伸びた綺麗な姿勢とすらっとした長い脚は、彼を本物のモデルかのように思わせてくる。

作り物みたいに完璧――それでいて、どこか懐かしい。

だが、俺はその懐かしさの正体を、全く思い出す事ができなかった。

「何なんだ？　この感覚は……」

とうに彼の背中が見えなくなった廊下を、俺は視界に映す。が、特に追いかけるわけでもなく反対側に目を背け、昇降口に近い方の階段へと足を進めた。

懐かしさの正体――それを探るべくどうこうしようとは考えないし、胸にモヤモヤは残っているがあまりに抽象的な感覚だから解決策など分からない。

しかし――俺は階段を下りた先で、見てはいけない場面を目撃してしまう。

それは今さっき胸に生じたモヤモヤをさらに色濃くし、俺の頭をこんがらがらせた。

あいつ、職員室に向かったんじゃないのか？

そうでなかったとしても、何だその不審な動きは？

昇降口近くのトイレ周辺……さらに正確に言えば、女子トイレの目の前。

そこにいたのは一人の男子生徒――あの、イケメン転校生だった。

キョロキョロと視線を動かして明らかに周囲を警戒している彼の姿を目にし、俺は思わず階段近くの壁に身を潜めた。

彼は辺りに人がいない事を確認してから女子トイレの扉を微かに開き、顔だけを中に入れて先客がいないかを入念に確かめているようだ。

直後――意を決したように女子トイレの扉を大きく開き、中へと入っていった。

「これは、どうするべきなんだ……？」

壁から離れて女子トイレの前まで行き、数秒呆然《ぼうぜん》としてしまう。

まさかこんな現場を目撃してしまうとは、夢にも思わなかった。

新手の変態……いや、見た目は男でも心の性別は女性とか？

トランスジェンダーという線も否定できないし、それに対しての偏見は特にないが、彼が転校初日に女子トイレに不法侵入するド変態という可能性だってなくはない。

仮に変態だとして、俺がこの件に関わるメリットなんてないに等しい。とはいえ現場を見てしまった以上、無視する事もできなかった。

俺は狼狽《うろた》えながら、さっきの彼と同じように女子トイレの前をウロウロと歩く。

誰か女子生徒が来たら事情を説明して、中の様子を見てきてもらうか？　それか女子が変態とかち合わないように、注意喚起だけしておくという手も……。

思考がまとまらないまま、少しずつ時間は過ぎていった。

依然、女子トイレの利用者はやって来ない。

とりあえず色々考えを巡らせてみたが、俺自身が彼をよく知りもしないまま変に疑いをかけたり、噂《うわさ》を広めてしまうような行為をするのはよろしくないだろう。

だったら今の最善は、イケメンがトイレから出てくるのを待ってみるほか――

「……都築君？」

その時、背後から声をかけられた。

二年生に進級してから毎日のように教室で耳にしている可愛らしい声に、俺の背筋は自然とまっすぐ伸びる。

これが別のシチュエーションであれば、どれほど幸せだったのだろうか？

ゆっくりと後ろを振り向いて、声の主と顔を合わせる。

「み、南方さん……っ」

南方咲歩――憧れのクラスメイトが、目の前に立っていた。

声は裏返るし、彼女の目もまともに見られない。しかしながら、それは憧れの人に話しかけられて緊張しているとか、そんなウブな理由からではなかった。

それもそのはず――今の俺は数分前に女子トイレへと入っていった転校生と、「似たような挙動」をしていたのだから。

転校生が女子トイレの前をウロウロとして中に入るタイミングを窺っていたように、俺も辺りを気にしながら女子トイレの前に立っていたのだ。

俺が転校生を不審に思ったのと同じく、南方も俺を不審に思ったのだろう。

彼女は目を細め、訝《いぶか》しげな目で俺をじっと見つめていた。

「都築君、こんな所で何をしてるの？」

「いや……ただ、トイレに入ろうと思ってさ。男子トイレ、中に人がいるみたいだったから、ちょっとここで待ってただけで……」

「男子トイレから人が出てくるのを、女子トイレの前で待ってたの？」

ダメだ、このまま下手《へた》に誤魔化《ごまか》せばボロが出てしまう。

ここは素直に事情を説明して、誤解を解くか？　「転校生の男子が女子トイレに入っていったから、捕まえようと待ち伏せしてた」……？　それで一時的に弁解できたとしても、彼がトイレから出てくるのを待っている時点で変態っぽさは拭えない気がする。

「信じたくないけど……都築君、女子トイレに忍び込もうとしてた……？」

「ち、違うっ！　誤解だ、俺は中に入ってる奴《やつ》が気になって！」

「入ってる奴が気になってって……す、ストーカーっ!?　えっ、え？　それで女子トイレの前に……？　そんなの、絶対おかしいよ！」

「違う、違うんだって！　中にいるのは男で、それを偶然見かけてっ！　だから、俺はストーカーをしてたつもりは……っ」

　頭がとっ散らかって、弁解もままならない。南方も突然の事に若干パニックを起こしているのか、俺の話をまともに整理できていない様子だった。

　俺という「変態」を目の当たりにし、彼女は頭を抱えてしゃがみ込んでしまう。さらにはブツブツと何かを呟《つぶや》いて、肩を微《かす》かに震わせ始めた。

　客観的にこの状況、かなりまずくないか……!?

　第三者に見られでもしたら、俺はその日からギャル連中を含んだ南方ファン達に袋叩《ふくろだた》きにされ、転校を余儀なくされるほどに精神を追い込まれる事間違いなしだ。

　とはいえ弁解しようにも南方はこんな調子だし、この場から逃げたところで何も解決にはならない。むしろ俺のストーカー容疑が確定してしまう。

「――ねぇ」

　突然、南方が立ち上がった。

「ちょっ、何を……!?」

「職員室に行こう。被害者を生まないためにも、早く」

「職員室って……ストーカーはしてないし、女子トイレに入る気だって……っ！」

そう弁解を続ける俺の手を摑《つか》んで、南方は職員室へと足を向ける。俺はその場に踏ん張って抵抗するが、彼女も引く気はないらしい。

「ほら、早くして」

マジか、マジで言ってるのか⁉

南方の目にはうっすら涙が溜《た》まり、瞳の奥は軽蔑を示すように黒く濁っていた。

すでに彼女にとって俺はただのストーカーであり、いくら言い訳したところで聞く耳すら持ってもらえない事を悟ってしまう。

体の力が一気に抜けて、俺は肩を落とした。

職員室で誤解を解いたとしても、一度強く付いた印象はなかなか覆らない。こうなってしまった時点でおしまいなのだ。

「行くよ、都築君」

「っ、ああ……」

彼女に手を引かれ、下を向いたままとぼとぼと前に進む。

俺の学校生活も、今日で終わりだ。

「……もう、どうとでもなれ」

と——自暴自棄になった、その直後。

女子トイレの扉が、前触れもなくゆっくりと中から開いた。

「ツヅキ……ツヅキって、都築空斗《そらと》……？」

そこから出てきたのは、数分前にトイレに入ったイケメン転校生。

同時に、俺の頭には一つの大きな疑問が浮かぶ。

「どうして、俺の名前を……？」

初対面であるはずの俺の名前を、転校生は口にしたのだ。

足が止まり、訳も分からないまま彼へと視線を向ける。

「うお……っ！」

瞬間——俺の視界は真っ暗闇に覆われた。

柔らかな感触に顔が押され、俺は後ろによろけて尻餅をつく。

「痛っ……ったく、いきなり何なんだよ……⁉」

突然の事態に慌てて顔を引き、俺は思わず大声を上げた。

赤く染まった襟足が印象的な黒主体のウルフカットと、綺麗《きれい》なブラウンの瞳——俺の目の前には、転校生の顔面があった。

「ごめん。まさかこんなとこで会えると思ってなかったから、感動しちゃって……」

顔を見るなり感動したとか、やはり意味が分からない。

彼は覆い被《かぶ》さるように俺の下半身を跨《また》ぎ、四《よ》つん這《ば》いの体勢で上から目を見合わせる。

女子トイレから出てきた彼に、なぜだか俺は抱き付かれたらしい。

南方に握られていた手はいつの間にか解《ほど》けていたらしく、巻き添え事故にはならずに済んだようだ。視線を上げると彼女は目を丸くして、俺達を見下ろしていた。

「お前、いい加減そこ退《ど》けよっ。いつまでこんな体勢させるつもりだ⁉」

「そうだよね。……でも、まだちょっと無理かも」

「は、はぁ……っ⁉」

転校生の腕が背中に回り、俺はぎゅっと強く抱きしめられる。

俺の困惑や抵抗なんて気にも留めず、彼は一向に離れようとしなかった。

俺はイケメンにときめくタチではないし、同性に抱かれたいと思った事だって一度もない。……それなのに、この気持ちは何だ？

妙に頬《ほお》が熱を帯び、さらには彼のどこか「懐かしい香り」によって、脳が心地よくクラクラと回り出す——が、いつまでもこうしているわけにはいかない。

転校生の両肩を摑んで、俺は強引に彼との距離を取った。

「お前、初対面のくせに何なんだよ！　つか、どこで俺の名前を……っ⁉」

「……もしかして、こんな近くで見てもボクを思い出せない？」

寂しそうに、それでいてどこか悲しげに、転校生は上目遣いで俺に視線を送る。

こいつ、こうして見るとなんか可愛《かわい》くないか……？　いや待て、こいつは男だぞ⁉　余計な事は考えるなよ、俺……っ！

それに、見覚えなんてない。幼稚園や小学校で出会っていた人だとしても、面影くらいは残っているはずだ。これほど顔の良い男、今までの人生で話した事すらない。

だが――一人、たった一人だけ、面影のある人物に心当たりがあった。

ただそれは、そもそも前提が違う。俺の記憶の中にいる「彼女」とは、性別からしてまるっきり違っているのだ。

東京からの転校生、整った顔立ちと懐かしい香り――初対面であるにもかかわらず知っていた、俺の名前。

少しずつ、本当に少しずつ、彼と彼女の存在が頭の中で重なっていく。

「――次にお互い大人になって会った時、結婚しよう」

「……ッ⁉」

転校生の口から出たセリフで、全てが確信に変わった。

今でもたまに思い出す、小学生当時の小っ恥ずかしい言葉――俺が人生でそれを伝えた人物は、この世に一人しか存在しない。

「優愛……お前、あの優愛なのか……？」

そう問うと、彼女はふっと嬉《うれ》しそうに笑みを溢《こぼ》す。

「……よかった。やっと、ようやく思い出してくれた……っ」

約八年ぶりに見る彼女の表情――月日が経《た》っても、その可愛らしい笑顔は何一つ変わりなかった。……ただし、大きく変わってしまった点もいくつかある。

ていうか、彼女が「俺と同じ物」を着ているせいで、すぐには思い出す事ができなかった。……本人だと認識する事ができなかったのだ。

湯城優愛――小学生の頃に別れた幼馴染《おさななじみ》が、男装姿で俺の前に現れたものだから。

優愛が身に纏《まと》っているのは、本来なら男子生徒が着る制服――教室にいる彼女を遠目で見た時、中性的な顔立ちも相まって俺は単なるイケメンだと思い込んでしまった。

きっと優愛と違うクラスの奴らの大半が、ほんの少し前の俺同様に彼女を「男」として認識していたに違いない。

冷静になって考えれば考えるほど、理解ができなくなる。少なからず小学三年生までは、こういった服装を好んで着るような奴じゃなかった。

もっと可愛らしい服装を……言い方は相応《ふさわ》しくないかもしれないが、もっと「女の子らしい」服をいつも着ていたのだ。

俺と離れて過ごしていた期間に――この空白の八年間の中で、優愛は一体いつから男の格好をするようになったのだろうか？

「あ……っ、あぅ……」

横に視線を向けると、どこか鼻息を荒くしている南方の姿が視界に映る。優愛はその場から立ち上がって、彼女のもとへと歩み寄った。

「えっと、ミナカタさん……だよね？」

「ふあ、ふぁい……っ！　アタシ、南方咲歩と申しますですっ！」

なんだか、いつもの南方とは明らかに様子が異なる。

上手《うま》く口が回っていないのもあるが、発熱でもしているかのように顔全体がかなり赤くなってしまっていた。

「ごめん。トイレの中で二人の会話聞いちゃったんだけど、そら君は男の子の格好をしたボクが女子トイレに入ったのを不審に思って、ここで様子見してたんだ」

優愛は両手で南方の手を優しく包み、訴えかけるようにまっすぐ目を合わせる。

「そら君はストーカーじゃないし、悪い事なんて何もしてない。だからさ……これからも今まで通り、そら君と仲良くしてあげてくれないかな？」

「ふあ……っ！」

南方の姿勢がピンと正され、目に見える肌の全てが一瞬で真っ赤に染まった。

「な、なぁ……南方さん、体調でも悪いのか？」

「……い」

「へ……？」

何も聞き取れず、俺は間抜けな声を漏らす。

「……か、かっこいいよぅ……っ」

か、格好良《かっこい》い……!?

そう聞こえた次の瞬間、南方は掌《てのひら》で顔を覆いながら全速力でこの場を去っていった。

「あれ……ボク、何か嫌われる事でも言っちゃったかな……？」

南方のか細い呟きは耳に届かなかったらしく、優愛は不安げに首を傾《かし》げる。

「お前、罪な女だな」

「え、どういう意味？」

「……何でもない」

なんというか、本日二度目の敗北感を味わっていた。

☆

職員室への強制連行を免れ、俺は優愛と二人で本校舎を後にした。

芽吹高校から最寄りの駅までは徒歩、実家の最寄駅までの二駅分は電車での移動、そこから自宅までは自転車を走らせるのが俺の下校ルートとなっている。

だが、実家の最寄駅に着いた後も今日ばかりはあえて自転車を使わず、俺達は昔に戻ったように歩いて帰路を辿《たど》った。

優愛は小学生の頃と変わりなく、転校に伴って祖母の家にまた住まわせてもらっているらしい。俺の自宅と方向は一緒、それも徒歩五分圏内とかなりのご近所だ。

こうして彼女と帰り道を行くのも、小学三年生ぶりの事だった。

「この道、すっごく懐かしいけど……やっぱり、ちょっと雰囲気変わったね」

「小学生の頃と比べたら、多少はな。ここ数年で駅前の商店街は新しい美容院とか居酒屋が増えてったし。まぁ相変わらず、シャッターの閉まった店の方が多いけどさ」

優愛の一言で、彼女と過ごしていた頃の街並みを思い返す。

八年という期間は長い年月のようで、意外にも短い。現に当時小学生だった俺達も、あっという間に高校生となっているのだから。

それに街は勿論《もちろん》だが、人だって変わっていく。

横を歩く優愛を視界に映すと、やはり彼女も大きく変わっていた。

思い出話に花を咲かせたい気持ちもあるが、それと同じくらい聞きたい事だって山ほどある。一体、どこから触れていくべきだろうか？

「優愛が東京に引っ越した理由って、確か親の都合だったよな」

「えっ、よく覚えてるね？」

「まぁな。今回地元に戻ってきたのは、親御さんも一緒になのか？」

「ううん、ボク一人だよ。ママは今も東京で働いてるからさ。こっちだと同じ職種で稼ぎの良い仕事、ほとんどないらしいし」

　優愛の母は彼女が幼稚園の頃に離婚をしているらしく、優愛が小学生の時には祖母に子供を預けて自身は毎日働きに出ていたそうだ。

　特に関わりがあるわけでもなかったが、入学式や授業参観なんかで何度か目にした限りでは、幼い子供ながらにあまり良い印象を持つ事ができなかった。

　若くて綺麗なお母さん……しかし、他のクラスメイトの親と比べると派手すぎるというか、何となく雰囲気による圧の強い人だったのを覚えている。

　実際その印象はおおよそ合っていたようで、担任の先生と話している姿をたまたま目にした時は、深い事情は全く知らないものの何かにずっと憤っている様子だった。

　それに――あの頃の優愛は、いつも母親に怯《おび》えていたのだ。

「あっ……ねぇ、そら君？」

「？　何かあったか？」

「あれ、昔一緒に遊んでた公園だよね？」

優愛が指差した先には、地元では誰もが知る大きな公園があった。

放課後、俺達はこの公園で飽きもせず毎日のように遊んでいた。何なら雨の日であっても、屋根付きのベンチの下で過ごしていたほどだ。

「なわとびにかけっこ、あとは秘密結社ごっこなんかもしてたっけ」

公園の出入り口前で優愛は立ち止まり、当時の記憶を掘り起こすように息を吸う。

「そら君、ちょっと寄り道してかない？」

「遅くなりすぎなければ」

俺はポケットからスマホを取り出し、時間を確認した。

「この後、用事でもあった？　無理に付き合ってくれなくても大丈夫だよ？」

「いや、飯の都合でさ。姉貴にラインしておけば平気だよ」

「へぇー。今でも奏海《かなみ》さんと仲良いんだね？」

「そこそこな。家にいる時はほぼ二人だし」

姉貴が夕飯を作り終えるまで、時間にまだ余裕はある。一応、一言でもメッセージを送っておけば遅くなっても問題ないはずだ。

ラインのトーク画面を開いて「少し遅くなる」と報告し、駐輪場に自転車を置いて俺達は公園の中へと入っていった。

広場に進むと周りを囲む木々は夕焼けに照らされ、俺達を温かく出迎える。

そこから公園中央の池まで歩いていくと、彼女はぐるりと辺りを見渡した。

「全部が全部、あの頃のまんま……っ！」

優愛は水面《みなも》のようにキラキラと瞳を輝かせ、俺の腕を引き寄せる。

「ゆ、優愛……？」

胸元で腕をぎゅっと強く抱きしめられ、俺はついドギマギしてしまう。

小学生の頃にもこんな事をされた記憶はあるが、あの時とは俺の心境も互いの体つきもまるで違っている。動揺してしまうのも無理はない事だろう。

「そら君はさ……転校前日にここでボクとした会話、どれくらい覚えてる？」

「全部……あの日のやりとりは、未《いま》だに思い出す事があるよ」

「……えへへ。そっか、そうなんだ……なんだろ、すっごく嬉しいや」

噛《か》みしめるようにテレテレとニヤけながら、彼女は人差し指でこめかみを軽く掻《か》く。

「でも俺、あの日の約束……結局、全然果たす事ができなかったな」

「約束って、お互い大人になったら結婚しようって話？」

「まぁ、それもそうだけど」

高校生という身分で結婚など到底できないし、そもそも今の俺では彼女に何一つとして釣り合いが取れていない。

「今よりデカくなって、男らしくなって、優愛を迎えに行く……小学生の頃に比べたらデカくなってるけど、男らしさは欠片《かけら》もないし、迎えにすら行けなかったからさ」

「そんなの気にする必要ないよ。子供の時の話なんだから」

　優愛は俺の腕を離して、こっちに戻ってきてそら君と再会できたら、結婚の約束を叶《かな》えられたりするのかなーとか、ちょっと妄想してたんだ」

「……ボクね。こっちに戻ってきてそら君と再会できたら、結婚の約束を叶《かな》えられたりするのかなーとか、ちょっと妄想してたんだ」

「っ……。それって、今でも優愛は……」

「けど、その妄想は一旦やめておく事にしたよ」

　後に続いて優愛の隣に座った俺に、彼女はふっと目を細めて微笑《ほほえ》んだ。

「今のボクじゃ、そら君の理想にはなれないからさ」

　その言葉を聞いて、俺はつい驚いてしまう。釣り合いが取れていないのは……優愛の理想でいられていないのは、お前じゃなくて俺の方だろうと。

「ボク、今こんな見た目してるでしょ？　全く女の子らしさがないからね」

「触れていいのか分からなくて訊《き》けずにいたけど、質問してもいいか？」

「うん、勿論。どういう内容かは聞かなくっても分かるけどさ」

　それもそうか。幼馴染にこれだけの変化があれば、誰だって気になりはする。

「一人称が『あたし』から『ボク』に変わってるのもだけど、その服装……どうして、いつから優愛は、男装をするようになったんだ？」

優愛は少し顔を俯《うつむ》かせ、思考をまとめる。

「……大した理由はないよ？　男の子が着てる格好良い服装に、憧れがあったってだけでさっ。一人称が『ボク』なのは、男装の雰囲気作り的な？」

そうは言っているものの、彼女の表情はどこか無理をしているように感じ取れた。

まるで何かを手放したみたいな、悲しい顔をしていた。

「ただこの格好をしてると、気にしなくちゃいけない事も多くってさ。案外、大変な面もあったりするんだよね」

「具体的にはどういったものだ？」

「トイレに出入りする時とか、騒ぎにならないよう配慮しないとだし。女子トイレに男子がいたら、使おうとしてる人達も気になるでしょ？」

説明をされて、学校での事がようやく腑《ふ》に落ちた。優愛が女子トイレ前で周囲を警戒していたのは、そういう理由だったのか。

「だとしたら入る前に周りを警戒する時も、もっと自然にしてないとだな。今日の女子トイレに入る時の動き、どっからどう見ても不審者だったし」

「もぉ、そんな酷《ひど》い事言わないでよー。デリカシーに欠けるなぁ？」

「同じく不審者扱いされた俺が言えた事じゃないけどな」

「そうだ、あの時はごめんね？　すぐにでもトイレから出てそら君を庇《かば》ってあげるべきだったのに、タイミングがなかなか摑《つか》めなくって」

「別に気にしてないよ。こうして再会できたわけだし、結果オーライだ」

そう伝えると優愛はコクリと頷《うなず》いて、懐かしげに池を眺め出した。

タイムスリップでもして過去に戻ったかのように、心の突っかかりが溶けていく。

「さて、と……そろそろ行こっか！　付き合ってくれてありがとうね、そら君っ」

「お、おう」

しばらく経《た》つと優愛はベンチから立ち上がり、絡めた両腕を空に向けて伸びをする。そんな様子を横から見ていると、彼女はふと俺の視線に気が付いた。

「どうかしたの、そら君？」

「いやさ……その呼び方、そろそろ変えてもいいんじゃないかなって」

「えっ？　いきなりどうして？」

「特に理由があるわけじゃないけど……」

「もしや、恥ずかしいとか？」

「うっ……」

図星をつかれ、俺は若干顔を赤らめる。

「おやおや、その反応は予想的中みたいだね？　思春期さんだなー、そら君は」

優愛は腰の後ろで手を組んで、からかうようにベンチに座る俺の顔を覗《のぞ》き込んだ。

「人前で『そら君』呼びされると、どことなく歯痒《はがゆ》く感じるんだよ。もう高校生なわけだし、子供っぽすぎるというか」

「腕で顔なんか隠しちゃって……。会ってない間に、随分と可愛《かわい》らしい照れ方をするようになったね？」

うるさい。ほっておいてくれ。

「じゃあ、人前でなければ『そら君』呼びでも構わないんだ？」

「ま、まぁ……。とはいえクラス自体が違うし、名前を呼ぶタイミングがあるほど学校じゃ関わる機会もないと思うけどな」

「だったら、学校の人が近くにいる時だけ違う呼び方するよっ。馴染《なじ》みの呼び名を使えないのって、結構寂しいからさ」

「別にそれなら構わないけど……」

「やった！　てなると、早速もう一つの呼び方を決めないとだね！」

風でなびいた髪を優しく払い、彼女は薄暗さが増していく夕暮れを見つめた。

そして何かを思い付いたように、ふっと笑みを溢《こぼ》す。

「明日から、学校でもよろしくね……『空斗』」

クールな表情で俺に顔を寄せ、優愛は掌《てのひら》を俺の頬《ほお》に触れさせた。

彼女の行動に心臓が一瞬大きく跳ね上がり、その後も激しく打ち付けられる。

「じゃ、もう行こっか」

いたずらっぽく笑いながら、優愛は俺に背中を向けた。

こいつ、俺が照れるのを狙ってやがったな……。

どちらの呼び方であったとしても、これでは嫌でも意識してしまいそうである。

「ったく、カッコ可愛い事しやがって……」

優愛は駐輪場へと向かう足を止め、何事もなかったかのように余裕そうな顔のまま、ベンチに座る俺を手招きした。

至近距離で目にした彼女の薄く色付いた頬と柔らかな表情が、頭から離れない。

公園に来る度に思い出していたのは、涙を流す優愛の姿。

あの別れた日の悲しい思い出が、今日この瞬間——更新された。

秘密結社は図書室の中で。

「ほれ、朝だ！　さっさと起きやがれっ！」

金曜日——アラーム代わりの甲高い大声が家全体に響き渡り、ベッドの上に横になっている俺の目を無理矢理《むりやり》に開かせる。

声の発生源は一階で、俺の部屋は二階……朝っぱらから近所迷惑にもほどがあるが、毎日の事すぎてご近所さん方はもはや気に留めもしない。

「……うぅ、もうこんな時間か」

寝ぼけまなこを擦《こす》ってスマホで時刻を確認し、重たい腰を渋々ベッドから起こす。そうして制服を身に纏《まと》い、リビングへと階段を下りていった。

リビングの扉を開けると、昨晩の余りのカレーの香りが廊下まで溢《あふ》れ出ている。

「やっと起きたか。グッモーニン、空」

「ふぁあぁ……おはよう、姉貴……」

「おいおい、人生の先輩に対してあくび混じりの挨拶とはいい度胸だな。うちの地元じゃ三回は殺されてんぞ？」

「俺らの地元はそこまで治安悪くねぇよ」

朝から物騒なジョークを口にする姉貴に呆《あき》れながら、俺は二人分のカレーとサラダが並べられた食卓の前で正座した。

都築奏海《つづきかなみ》——俺のたった一人の姉であり、実質育ての親みたいな存在。

理由はよく知らないが、俺は小さい頃に両親の離婚を経験している。まぁ物心付く前の事だったから、悲しいという感情すら覚えていないのだが。

俺達姉弟の親権は親父《おやじ》に委ねられたものの仕事で家にいる事が少なく、昔から姉貴と二人で過ごす時間が大半だった。

男勝りかつ陽気な性格の姉貴だが、意外にも家庭的な一面を持っていて……いや、きっと俺のために、母親代わりになろうとしてくれていたのだろう。

結果、今もこうして姉貴に甘え切った弟として、俺はすくすく育ってしまっている。

「にしても、空は相変わらず朝ザコだなぁ。夜遅くまで勉強でもしてんのか？」

「俺が家でも勉強するような良い子ちゃんに、姉貴の目には見えてるのか？」

「見えねーな。もししてるんなら体に毒だ、やめちまえ」

「高校生の本分をやめさせるなよ⁉」

「うちが勉強アレルギーだからな。同じ体質なら数式を見るだけでゲロっちまうぞ」

「カレーを食う前に汚い話をしてくるな……」

本来ここまで面倒を見てもらっては姉貴に頭が上がらなくなってもおかしくないが、彼女の性格もあってかある意味で対等な関係を築けていた。

とはいえ勉強アレルギーを自称してはいるものの、姉貴は三月に高校を卒業してから服飾系の専門学校に進学している。

「勉強ができない」とは言いつつも、興味のある分野であれば話は別のようだ。

その性格でありながら見た目は今時の女子学生で、服飾という美的感性を求められる分野を学んでいるだけあり、美容やファッションへの意識も高い。

ミルクティーのような色合いの大人っぽいロングヘアーに、服装は同系色のストリートコーデ。華奢《きゃしゃ》ですらりとした体型は、彼女の髪や服によくマッチしていた。

「あ、そうだ空。今日の晩飯、何か食いたいもんあるか？」

「特にないから任せるよ。作ってもらう立場だし」

「その回答が一番困るんだけどな。何も案出しせずうちに任せてたら、毎日朝晩カップ麺生活になんぞ？」

「それは健康面的にどうなんだ？」

「へーきへーき。カップ麺は心の健康食品だから」

何だよ、その名言っぽい言い回しは。

「実際美味《おい》しいし心は満たされるけど、さすがに毎日は飽きが来るだろ……」

「色んな種類あるし、毎日食っても飽きねーな。おかげで高校生からずっと、学校がある日の昼食はカップ麺完飲賞だわ」

「皆勤賞みたいな造語を作るなよ」

こいつ、俺がいなかったら一切料理なんてしなそうである。

「つか、姉貴はいいのか？　専門学校に入ってからも家で毎日食べてるけど」

「あん？　何か問題でも？」

「問題ってほど大袈裟《おおげさ》じゃないけど、普通の大学生や専門学生って高校生より自由な面も多いんだろ？　友達と夜に飯行ったりはしないのか？」

「うちが学校で友達を作るタチに見えるか？」

「いや、見えるけど」

「まぁいるけどな」

友達が少ない俺への煽《あお》りにしか思えない。正直、超うざい……。

「んで、その友達に夜飯誘われたりはしないのか？」

「多少はな。ただ、誘ってくるのは男ばっかりだからよ。昼は女友達と一緒に食べてっけど、その子らは夜にバイト入れてて忙しいし」

「しれっと男に誘われる自慢してくんなよ」

「これを自慢と捉えるのがモテてない証拠だな、弟よ」

言い返す言葉が見つからない。

「でも、誘われたところでだろ？　興味ねー男と遊んでも退屈だし、貴重な若い時間の浪費ってもんだ。……そ、れ、にっ！」

姉貴は食卓の前で胡座《あぐら》をかき、スプーンの柄尻を摘《つま》んで先をクルクルと回す。

「うちはな……ツラが良い奴《やつ》にしか興味ねーんだわ」

そしてピンッと、指を差すように俺へと先を向けてきた。

弟の前で面食いアピールしてくるなよ……。

「じゃあ、その誘ってきた男達はイケメンではなかったと？」

「少なくとも『うち好みの』イケメンではなかったな。うちが言うイケメンは内面込みだから、基準が高いわけだ」

「その基準とやらを満たせる奴には、今まで出会えたためしがあるのか？」

「強いて言うなら……空、かな」

「天国にでもいるのか？」

「そういう意味の空じゃねーっての」

姉貴はぶぅーと、不満げに頬を膨らませる。

「はぁ……。学校で似たような事を訊《き》かれても、そういう返しはやめろよな。冗談に聞こえないし、ブラコンに思われるから」

「これが案外、冗談じゃないんだけどな」

「冗談であってくれよ……」

頬杖《ほおづえ》をつきながらウィンクしてきた姉貴に、俺は顔を引きつらせた。

「まっ、うちのブラコンを止めたいなら、外見内面完璧の超絶イケメンを一人や二人、家に連れてこいって話だ」

「そんな好条件のイケメン、知り合いに一人もいねぇよ」

「うち、ツラさえ良ければ男女問わねーぞ？」

「……まさかとは思うが、遠回しに『あいつを連れてこい』って言ってるのか？」

「おっ、察しが良いな。イケメンの素質あり！」

姉貴はニヤリと不敵な笑みを浮かべる。

外見も内面も完璧にイケメンな奴なんて……女子を含めてもいいのなら、俺の周りにはあいつ以外一人もいない。

湯城優愛《ゆしろゆうあ》——高校二年生になって再会を果たした幼馴染《おさななじみ》であり、男装女子。

偶然にも彼女との再会を果たした日、軽くではあるものの俺は姉貴にその日の出来事を雑談感覚で話してしまっていた。

「察しはしたけど、嫌に決まってるだろ。家に誘うなんて」

「小学生の頃はよく遊びに連れてきてたじゃねーか」

「それは小学生の頃だからだ。俺ら、もう高校生だぞ？　この歳《とし》になって異性を家に誘うなんて……それも、別に付き合っているわけでもないのに」

「うーわ。『家に誘う＝性行為』の意識強すぎじゃねーか？」

「そこまではっきりとは意識してねぇよ！　つか、何であいつを家まで連れてきてほしいんだ？」

「そりゃあ、子供の頃を知ってる子だからな。どういう風に成長したか興味あるし、イケメンらしいし、イケメンに会いたいし」

「成長よりイケメンに興味があるのは十分分かった」

欲が前のめりになりすぎだ。ちょっとは隠せ。

「まっ、とりあえず誘ってみろって。来てくれるってんならうちも腕によりをかけて、レバーやにんにくをふんだんに使った料理を振る舞うからよ」

「精力アップの食材ばっかセレクトするな！」

俺よりよっぽど、「家に誘う＝性行為」の意識が強いじゃないか。

「うーん、どうするかな。誘うといっても、学校じゃ話しかけづらいし……」

「お、結局は性欲に負けて家に誘うのか？」

「んなわけあるか！　……どういう風に成長したか気になるって気持ちは少し分かるから、そこを汲《く》み取っただけだ」

「ほう、言ってみるもんだな。で、普通にラインで誘うんじゃダメなのか？」

「優愛の連絡先、まだ持ってないんだよ」

「え、マジかよっ⁉」

「そもそもクラスが違うし、学校だと交換するタイミングもなかなかなくて……。こんな事なら、こないだ交換しとくべきだったな」

そう溢《こぼ》すと、姉貴はどこか不思議そうに首を傾《かし》げた。どうやら「交換するタイミングがない」というのに、違和感を覚えたらしい。

ただ、これに関しては優愛の学校での立ち位置を知っている者であれば、誰もが納得できる大きなワケがあった。

☆

「……うっ、やっぱりか」

学校に到着するなり、案の定の光景が視界に飛び込んできた。

校門から本校舎までの通路を歩く、湯城優愛の後ろ姿――彼女が先へと進むにつれ、その周囲には段々と人が増えていく。

優愛と再会して一週間以上が過ぎたというのに、俺が彼女と連絡先を交換するタイミングを得られなかったワケが、まさにこれである。

転校初日から数日も経《た》たず、彼女は学校では知らない人がいないほどに有名な生徒となってしまっていた。

今では優愛を王子様扱いするファン——通称「ゆうズ」と呼ばれる生徒達が、高校の最寄駅やら校門前で毎朝のように出待ちしている。その多くは女子生徒だ。

元々の顔の良さに加えて性格も良い事から男子のファンも少なからずいるのだが、それでも「男装」というビジュアルもあって、ファン層は女子が大半を占めていた。

ここまでの人気を博されては、いくら幼馴染とはいえ俺みたいな日陰の存在が近寄っていいものかと躊躇《ためら》いが生まれてしまう。

だというのに、そんな俺の心境など知る由もなく、彼女の俺に対するアクションはとても大胆なものだった。

優愛は本校舎まであと数十歩ほどの地点まで着くと微《かす》かに踵《かかと》を上げながら、キョロキョロと周囲をくまなく見渡し始める。

「あっ……やっと見つけた！」

「……見つかった」

後ろを振り返った彼女と、俺は目を合わせてしまう。直後、優愛は「ゆうズ」を置き去りに、俺のもとへと一目散に駆け寄ってきた。

だが、その程度で執拗《しつよう》なファン達を撒《ま》けるはずもなく、総勢十五名ほどがぞろぞろと後ろについてきてしまう。

「おはよう、空斗《そらと》」

昔からの呼び名である「そら君」とは違う、下の名前での呼び捨て――「呼び方を変えてほしい」と言ったのは俺のはずなのに、未《いま》だ慣れそうにない。

「……おはよう。それじゃ、また」

「ちょっと、何でそうすぐ逃げようとするかなぁ？」

「逃げ出したくもなるだろ、こんな状況じゃ」

優愛の背後の集団に視線を向けると、彼女にリアルに恋している方々が殺意に満ちた冷たい視線を俺に突き刺していた。

「誰、こいつ。ゆう様とどういう関係？」

「色目使ってんじゃねぇ、処すぞ」

「これが幼馴染って噂《うわさ》のオス？　玉取るか」

敵意剝《む》き出しかつ随分と物騒な発言があちこちから耳に入り、俺は会釈をしながら苦笑いを浮かべる事しかできなかった。

ちなみに「ゆうズ」の連中は尊敬と忠誠の意を込めて、優愛の事を「ゆう様」と呼んでいるようだ。もはやただの一般生徒ではなく、上流階級みたいな扱いである。

しかし、そんな上流生徒の地位へと行ってしまった優愛は、下流生徒である俺を見つけるなり今回のように毎度積極的に絡みに来るのだ。

おかげで俺の知名度も少しずつ高まり、一人で校内を歩いていてもやけに目立ってしまう事が増えていた。無論、良くない意味で。

とはいえ裏を返せば、彼女から俺のもとに来てくれるのはチャンスでもある。

「空斗、どうかした？」

優愛の顔をまじまじ見ていると、彼女は反応に困った様子で首を傾げた。

直接「夕飯を食べに来ないか」と誘うか、連絡先を教えてもらってメッセージを送るか──この状況下なら、どちらの選択を取るべきだろう？

「あ、あのさ……」

会話の内容は「ゆうズ」に全て聞き耳を立てられ、内容によっては今まで以上の敵意が学校全体に一斉に広がってしまう。

想像するだけでも心臓がバクバクしてきて、まるで公開告白でもするかのようなプレッシャーが押し寄せてきた。

そして今一度──大きく深呼吸をして、ゆっくりと口を開き、

「ごめん、やっぱり何でもない！」

結局、その場から逃げ出した。

どうにか意識を優愛にだけ向けようとしても、やはり奴らがチラつく。それに誰かが近

くにいる環境では、優愛にまで変な噂が立ってしまう恐れがあるのだ。

普段のままでは連絡先を教えてもらう事はおろか、家に誘うなんて無理に等しい。だが、全く策がないわけでもなかった。

小走りで優愛のもとを離れながら、俺は彼女を周囲の人達から引き剝がす方法を一つだけ思い浮かべていた。

☆

昼休み——早々に昼食を終え、俺は優愛が在籍する六組に足を急がせた。

開きっぱなしになった六組の教室の扉から中を覗いてみると、教室中央の机周辺にできた人集《ひとだか》りが真っ先に目に入る。

その集まりの中心にいるのは、やはり俺の幼馴染だった。

彼女の席は複数人の女子に囲まれ、予想通りではあるが無策に話しかけに行けば朝同様に冷たい視線をぶつけられる環境にある。

「……やっぱり、人前でやるのは緊張するな」

小学生の頃、俺達は学校や公園でよく「秘密結社ごっこ」をしていた。

「秘密結社」なんて大層な言い方をしているが、実際は同級生や大人に見つからないようコソコソと逃げて回るだけの、隠密《おんみつ》行動もどきである。

今になって思えば退屈な遊びに思うが、二人で秘密を共有しながら人目を避けて学校や公園を駆けるのは、当時どこか刺激に満ちたものだった。

そして今日——俺は小学生ぶりに、その「ごっこ遊び」を実行しようとしている。

秘密を共有して動くための、俺と優愛しか知らない合図。

手を二回叩《たた》いて相手が自分に気付いたら親指を立てて行き先を指差し、口の動きで場所を伝える——簡易的ではあるものの、それが優愛を一人連れ出す唯一の策だった。

「……通じるのかな、こんな昔の遊び」

正直、人がたくさんいる教室の前でいきなり手を叩くなんて目立つ行為を、率先してやりたいとは思わない。

それでも、俺は試したくなったのだ。一緒に過ごした日々の記憶を、優愛はどれくらい覚えているのかと。

円を描くように両の掌《てのひら》を擦《こす》り合わせ、俺は呼吸を整えた。

「……よし」

過去に思いを馳《は》せながら、秘密結社所属だった頃の自分を取り戻す。

——パンッ、パンッ！

廊下や教室にいる生徒達の注目を集めてしまう事も気にせず、俺は突き出した両手を二度強く打ち付け合った。

周囲の人達が数名、突如として鳴ったそのクラップ音に反応を示す。さらに連鎖するように、俺の方へと多くの視線が向き始めた。

「そら君……？　――っ！」

そうしてついに、俺の合図は本命のもとまで辿《たど》り着く。

いつもなら俺に気付くとすぐに近寄ってくる優愛だが、今回ばかりは違った。口を手で押さえ、目線を逸《そ》らしながら俺が次に取る動作を横目で見つめている。

その様子に、未だ彼女はこの遊びを覚えているのだと確信できた。

俺はまっすぐ親指を立て、集合場所へと指を差す。

「と、しょ、し、つ」

誰にも聞こえない声量で集合場所を表し、俺は小走りで六組の前を立ち去った。

優愛に伝わっていると信じて、過去と現在の自分を重ねながら。

☆

集合場所である図書室に先に到着した俺は本棚をぼんやりと眺めながら、優愛が入室してくるのを静かに待った。

昼休みの図書室は人が少ないし、密談するには最も適している。現に俺以外の生徒の姿は一人としてなく、司書さんも留守にしているようだった。

「あいつ、早く来ないかな……」

行き先が上手《うま》く伝わっているか、少しばかり不安を感じる。時計を見る回数も次第に増え、意識すればするほど時間が経つのは遅くなっていった。

しかし、扉の開く音が耳に入ると同時——抱えていた不安は一気に解消される。

「と、しょ、し、つ……で、やっぱり正解みたいだね」

よかった。無事に伝わっていたようだ。

優愛は俺のもとへと足早にやって来て、背筋を伸ばして敬礼してみせた。

「お待たせっ、コードネーム『スカイ』っ！」

「茶化《ちゃか》すなよ、コードネーム『ラブリー』」

秘密結社時代の呼び名を口にすると、あまりの懐かしさと胸の奥がむず痒《がゆ》くなるような恥ずかしさから、笑みが込み上がってくる。

俺達は顔を見合わせ、同時に大きく噴き出した。

「はぁあ、おっかしい……。まさか高校生にもなってこんな事をするとか、思ってもみなかったよ！」

「俺だって。けど、優愛一人を呼び出す良い方法がこれしか考え付かなかったんだ。てか、よく覚えてたな。秘密結社ごっこの合図なんて」

「覚えてるに決まってるでしょ？　ボクからしたら、そら君と過ごした毎日が幸せでいっぱいの思い出なんだから。きっと、来世でだって思い出せる！」

「っ……。そんなクサいセリフを、よく平然と吐けるな……」

熱っぽくなった頰《ほお》を誤魔化《ごまか》すように、俺はそっぽを向く。

見た目もさる事ながら、発言までもイケメンになりやがって……。

「それで？　わざわざラブリーを呼び出すなんて、何か緊急事態でも起きたのかな？」

「ああ、基地への呼び出しだ。うちの面食い指揮官からさ」

「家へのご招待だね。それも奏海さんからの」

「面食い指揮官で通じるのかよ」

俺の演技臭いセリフから意味を汲《く》み取り、彼女は頷《うなず》いた。

「まぁ普通に言うと、姉貴が優愛に会いたがっててさ。『今晩にでもうちに夕飯を食べに来ないか』だとよ」

「うーん」

用件を伝えると、優愛はどこか納得いかない様子で唸《うな》る。

「急な誘いだし、予定でも入ってたか？」

「予定はないよ。ただ……」

「ただ？」

優愛はごくりと唾を飲み込んで、目線を横にしながら顔を赤くする。

「奏海さんからじゃなくって……そら君に誘われたかったな、って」

そして俺の制服の裾を指で摘《つま》み、上目遣いでてれっと笑った。

男女問わず多くの生徒から「イケメン」ともて囃《はや》されている彼女が、俺にだけ見せた女の子らしい仕草——ぶっちゃけ、心が搔《か》き乱される。

「ねぇ、そら君の気持ちはどうなの……？」

「う……え、っと……」

戸惑いのあまり、まともに声が出ない。

一歩分、優愛は俺との距離をさらに詰めてくる。

「奏海さんが言うから仕方なく、ボクを誘ったの？ ……だったら奏海さんには悪いけど、ボクは行きたくないな……。そんなの、虚《むな》しくなっちゃうから」

彼女が知りたがっているのは、俺の意思。

思春期真っ盛りの高校生にとって、恋人でもない異性を家に上げるのはなかなかハードルが高いものである。

今回に関しては「姉貴が招待しているから」という免罪符にも近い言い訳が用意されているが、それを取っ払った上で、今の俺がどれほど優愛に気を許しているのか。

きっと彼女は心配で、俺を試しているのだ。

「来てくれよ……昔みたいに」

改めて言葉にするのが照れ臭く、大きな声が出ない。

それでも、ボソリと呟《つぶや》いたところで俺の本音は伝わらない。

「俺だって……優愛さえよければ、また家に遊びに来てほしいよ」

彼女に聞こえるように、はっきりと声に出す。

口にしてすぐ、発熱でもしたみたいに全身が火照《ほて》った。

両目を片手で押さえ、俺は顔を天井に向ける。

「えへへ……。ほんと、ボクって幸せ者だぁ」

閑静な図書室では、優愛の小さな声さえも自然と耳に入った。

顔を覆った掌の指と指の隙間から、俺は彼女の表情を窺《うかが》う。

その時、俺の胸にぽふっと軽い負荷がかかった。

「優愛……？」

頭を埋《うず》めるように、彼女は俺の胸に額を当てていた。

きっと安心して、気が抜けてしまったのだろう。

「俺も嬉《うれ》しいよ。そう言ってもらえて」

こうして身を委ねてくれる優愛を見ていると、俺の心も不思議と落ち着いた。

「……そら君。本当に今日、行ってもいいの？」

俺の胸元から顔を上げ、彼女はほんの少し首を傾ける。

「ああ。夕飯は姉貴が専門学校から帰ってきた後に作り始めるから、もしかすると少し遅くなるかもしれないけど」

「時間が遅くなるのは平気っ。おばあちゃんに連絡だけ入れておけば！」

スマホを取り出し、優愛は一緒に住んでいる祖母にメールを打ち始めた。俺も無事に約束を交わせた事を報告するため、姉貴にラインを送る。

「……そうだ。今、連絡先の交換をしてもいいか？　本当は今日もラインで誘いたかったんだけど、連絡先知らなかったからさ」

「朝に言ってくれればよかったのに。あと、直接誘ってくれた方が早くなかった？」

「周りにあれだけ人がいて、軽々しく異性を家に誘えるわけないだろ……」

「それで秘密結社ごっこまでして、ボクをここに呼び出したんだ？」

「まぁな。変な噂《うわさ》とか立ったら、優愛だって生活しづらくなるだろうし」

「ボクは構わないのに……。噂されるのは好きじゃないけど、相手がそら君ならさ？」

「もっと自分の人気というか、注目度を考えろって……」

お前が構わなくても、俺がファン達に絡まれる事になるんだよ。

互いに祖母と姉貴への連絡を終えると、俺達はスマホの画面を見せ合いながらラインの交換を始める。

「ＱＲコードでの友達追加って、どうやるんだっけ？」

「実はボクもよく分かってないんだよね。連絡先の交換なんてほぼしないし」

「俺も友達多くないし、交換し慣れてないんだ。でも、意外だな。転校してきて、クラスメイトから訊《き》かれたりしなかったのか？」

「交換を持ちかけられはしたけど、周囲に何人もいてキリがなさそうだったから、一旦保留にしてもらったんだよね。そしたらボクと連絡先交換するのがいつの間にか抜け駆けって事になったらしくって、誰ともしてないままなんだ」

　こいつ、本当に男性アイドルみたいな扱いを受けてるんだな……。

「……待てよ？　という事は、転校してきて最初に交換した相手って……？」

「そら君、って事になるね」

　無事、ラインの友達欄に「湯城優愛」という名前が反映された。

「一番はそら君がよかったから……願い、叶《かな》っちゃったよ」

　大事そうにスマホを胸に寄せて、彼女は微笑《ほほえ》んだ。

「願いって、大袈裟《おおげさ》だな」

「だって今まで、ずっと連絡取れなかったから。……こうやっていつでも話せるようになるの、心待ちにしてたんだよ？」

　……ああ、俺もだ。

　俺もずっと、優愛とこうして話せる日を思い描いていた。

彼女の本心を聞いて、どこか腑《ふ》に落ちる。

――そんな中、突然。

俺達しかいなかった図書室の扉が、鈍い音を立てて開き出した。

「うぉ――っ！　やば……っ」

完全に油断していたせいで反応が遅れ、俺は瞬間的にパニックに陥った。

こんな場所で優愛と密会している事が誰かにバレでもしたら、学校中に噂が広がるのも時間の問題である。

「空斗」

正面の優愛に呼びかけられると同時、彼女は俺の背中に手を回す。

「んぐ……っ！」

さらに声が出ないよう、優愛のもう片方の手が俺の口を塞いだ。

彼女に流されるままその場に屈《かが》み、俺の背中は本棚にもたれかかる。

壁際に寄せられた上に口を手で押さえられ、身動きが取れない。

これって所謂《いわゆる》、「壁ドン」ってやつじゃ……!?

一般的なイメージとしては男が女を壁に寄せて接近するもののはずが、俺が女側で優愛が男側と立ち位置が逆である。

遠目には司書さんの姿が映り、秘密結社ごっこの続きを体験しているようだった。

優愛の顔が急接近したからか、それとも昔の思い出が蘇《よみがえ》っての高揚か、あるいはその両方か……今、俺の心臓は激しく打ち鳴らされていた。

「この状況……昔やってた『ごっこ』遊びより、だいぶ刺激的だね？」

司書さんに声が聞こえないよう、優愛は俺の耳元で吐息混じりに囁《ささや》いてくる。

ここまで近付かれたら、心臓の音が彼女に聞こえてしまいそうだ。

「ねぇ……そら君」

「ん、ん……？」

「あの人がいなくなるまで、もうちょっとだけ……『ごっこ』遊び、続けよっか？」

優愛は音を殺すように、ぴとっと俺に体を触れさせた。

本来ならはち切れてしまうほどに心臓の動きが激しさを増していただろうが、優愛の表情を見ているとどこか心が落ち着いてくる。

折角《せっかく》なら、このひと時を噛《か》みしめるとしよう。

身を預けるように目を瞑《つぶ》った優愛の表情は、俺に安心感を与えてくれた。


司書さんが図書室内の書庫に入った隙を見計らい、俺は優愛を先に図書室から退散させた。廊下を二人で歩いている姿を見られたら、わざわざ密会した意味がない。

彼女が図書室を後にしてから数分後、俺は一人廊下に出る。

「……気のせいか」

悪い事など何もしていないが、隠れて異性と会っていた——それも今、校内で最も注目を集めている有名人と一緒にいたというのは、少しばかりの後ろめたさがあった。

そのせいか自意識過剰にも誰かに見られているような感覚を抱き、辺りをキョロキョロと見渡してみる。

そもそもこんな事を気にしてしまっているなんて、俺は優愛と一緒にいた事をどれだけ意識しているのだろうか。

ポケットからスマホを取り出し、交換した優愛のラインアカウントを眺める。

その時、不意にスマホが一度大きく振動した。

「優愛？」

画面を覗《のぞ》くと、そこには一件のメッセージ通知が届いている。

すぐさま通知に触れ、俺はその内容に目を通した。

「……ははっ。優愛の奴《やつ》、いつまで続けるつもりだよ？」

『ミッションコンプリートだね、コードネーム「スカイ」』

見た目は変わっても、彼女の遊び心は——意外にも昔のままだった。

☆

「ふふっ。やった、やった……っ！」

図書室を出て女子トイレに入ったボクは、スマホ画面を見つめて笑みを溢《こぼ》す。

画面に映っているのは、そら君のラインアカウント——数少ない友達の一覧に彼の名前が加わる日を、ボクはずっと待ち望んでいた。

緩んだ表情はなかなか戻らず、このままでは教室に入れない。一旦そら君にメッセージを送り、どうにか心を落ち着けようと深呼吸を繰り返した。

「……そろそろ行かなきゃ」

鏡の前で表情を確かめトイレを後にしたボクは、六組の教室へと足を急がせる。次の授業は化学室で行われるため、早めに移動しておかなくてはならなかった。

しかし、到着した時にはすでに教室にクラスメイトの姿は見当たらない。授業開始まで残り数分しかないし、先に行ってしまったのだろう。

座席の引き出しから教科書や筆記用具を抜いて、一人で移動しようと廊下に戻る。

「化学室ってどこだっけ……？」

転校してきたばかりのボクは、まだ校内のどこにどの教室があるのか全てを把握できていなかった。化学室に行くのも今回が初めてだ。

場所を誰かに訊きたいが、昼休みも終わり間際になれば廊下に出ている人も少ない。ボクは辺りに視線を向け、話しかけやすそうな人を探した。

「そこの方、すみません」

「えっ……⁉ あ、あたしですか⁉」

そうしてようやく、ボクはとある女子生徒に声をかける。ただ、彼女の反応はなぜかやたらと興奮じみたものだった。

「わっ、わ……っ！ あたし、ゆう様が転校してきた日からずっとファンなんですっ！」

「そ、そうなんだ。ありがとう……」

なんだか、途端に嫌な予感が押し寄せてくる。

「あの、えっと！ よかったら、握手してもらう事とか……っ！」

「あー、うん。それくらいだったら。……ところでだけど、化学室の場所って――」

「はわあぁあっ！ やばっ、ものすっごい嬉しいです！ 感激ですっ」

場所を尋ねようにも彼女は大興奮で、ボクの声すら届かなくなってしまっていた。しかも、その「嫌な予感」は正常に機能していたらしい。

「え、あれってゆう様だよね？」

「あの話してる子、握手してもらってない？」

「うそっ、もしかして一人でいるの？」

周囲がザワザワとし始め、少しずつ人の波が自身に寄ってくるのが分かった。気付いた時には周りに人集《ひとだか》りができ、ボクは十人近い女子生徒に囲まれてしまう。

こうして自ら知らない生徒に話しかけるのは転校してきて初めての事だったが、まさかこんな事態になるとは思わなかった。

「あの、握手は後で……化学室の場所を教えてもらっても……」

周囲の人達に声をかけるも、それらは無情にも掻《か》き消されてしまう。ここまで騒がれたら沈静化するのも難しいし、強行突破を試みても押し返されるのが目に見えていた。

「ちょっと、そこの人達っ！」

その時——耳の奥まで響く甲高い声が、囲みの外から聞こえてきた。

一瞬にして辺りは静まり、囲みの一箇所が道を開くように割かれていく。そこから差し伸ばされた手にボクは腕を引かれ、ついに外に連れ出された。

「み、南方《みなかた》さん……？」

視界に映った見覚えのある顔に、思わず彼女の名前を口にする。

腕を引いてくれたのは、転校初日に面識を持った女子生徒——ボクのせいでそら君を不審者と勘違いしてしまった、南方咲歩《さほ》だった。

「はいっ、みんなそのまま静粛に！　転校生を困らせちゃダメでしょ⁉」

どうやら彼女は、同学年の中で比較的強い立ち位置にいるらしい。

南方さんの一声に周囲は反論せず、ボク達に申し訳なさそうに謝罪すると次々にその場から退散していった。

「……ありがとう、南方さん。助かったよ」

「いえいえ、お構いなく！　お節介かとも思ったんですけど……」

「そんな事ないよ。一人じゃどうしようもなかったからさ」

ボクの腕に手を触れたまま、彼女は話を続ける。

「あの……お節介ついでに、今って化学室の場所を聞こうとしてました？」

「！　よく分かったね。転校してきたばかりだから、どこにあるのか知らなくて」

「やっぱり！　六組の知り合いが『次の授業は化学室に行かないといけない』って言っていたので、もしやと思ったんです……っ！」

ぱっと表情を明るくし、南方さんは小さく跳ねた。

「も……もしよろしければ、アタシが化学室までご案内しましょうか……？」

「えっ、本当？　でも、迷惑じゃない？」

「そんなそんなっ。化学室はすぐそこなので！」

そう言うと彼女はボクの手を握り、廊下を歩き出す。

「あの、手は引かなくて大丈夫だよ……？」

「あっ、失礼しました！　つい出来心でっ！」

「……出来心？」

「失言です、気にしないでくださいっ！」

南方さんは慌ただしく手を放し、正面からボクの横にそそくさと位置を移す。

なんか、女子トイレの扉越しで聞いていたそら君との会話から抱いた印象とは、だいぶ違っているな……。悪い人ではないのだろうけど。

「ゆぅ……湯城さん、今日は珍しいですね。いつもクラスメイトといるのに、一人で行動しているなんて……どこかに行っていたのですか？」

「あー、うん。ちょっとね。呼び出しがあって」

「ちなみに……その呼び出し相手って、都築君だったり？」

「え……？　正解……けど、どうしてそれを？」

「いえ、何となくです……」

一瞬動揺してしまうも、南方さんはボクとそら君が繋《つな》がりを持っている事を知っているわけだし、移動の合間の単なる雑談であって他意はないだろう。

「ちなみにお二人って、幼馴染《おさななじみ》か何かなんですか？」

「うん、幼馴染。小一から小三まで一緒のクラスだったんだ。ボクが東京に引っ越したのを境に、離れ離れになっちゃったんだけどね」

「そう、なんですね……」

隠す事でもないと判断して質問に答えると、彼女の表情がどことなく陰る。

「南方さん、どうかしたの？」

「いいえ、何でもないです。……ただ、ちょっと考え事をしてしまって」

「？　そっか……？」

その後、特に会話もないままボク達は化学室に到着した。

お礼を伝えると相変わらずかしこまった様子で「いえいえ」と首を横に振り、南方さんは四組へと足早に戻っていく。

「想像してたより、結構変わった子だったな……」

そう呟《つぶや》きながら彼女の背中を見送り、ボクは化学室の扉の前で呼吸を整えた。


さて……気を取り直して、午後の授業も頑張って乗り越えるとしよう。

放課後に控えている楽しみを胸に秘め、ボクは騒々しい化学室へと進んでいった。

救いを求めた、帰りの夜道で。


五限終わりの休み時間に俺と優愛《ゆうあ》はクラスメイトにバレないようこっそりとメッセージのやりとりを重ね、放課後の待ち合わせについて話し合った。

予定が無事決まった頃に丁度チャイムが鳴り、六限の授業が始まる。しかし、頭の中はすでに放課後の事でいっぱいで、授業内容は全く脳に入ってこなかった。

授業後のホームルームまで終えると、俺は教室を一番に飛び出していく。

優愛は一度帰宅して荷物を置いてから、都築家《つづき》にやって来る事になっていた。

家も近いし一緒に帰っても問題はないのだが、周囲の目もあるためバラバラで帰ろうという話に落ち着いたのだ。

それに、俺には一つ――彼女が都築家を訪れる前に、どうしても済ませておかなければならない事があった。

「部屋、早く片付けないと……」

漫画本や通販で届いた段ボール箱が雑に積まれている部屋が脳裏を過《よぎ》り、優愛に呆《あき》れられる未来が目に浮かぶ。

電車に揺られて自宅の最寄駅に着くなり、全速力で自転車を漕《こ》いで帰路を辿《たど》った。

住宅街にあるごく普通の一軒家が、生まれた時から住んでいる俺の実家だ。

「はぁ、はぁ……って、あれ？」

自転車を置いて玄関の前に立つと、俺は少し違和感を覚える。

閉められたカーテンの隙間から室内照明の灯《あか》りが漏れ、玄関の扉に触れると鍵も開錠されたままだった。

一瞬、空き巣にでも入られているのではないかと背筋が強張《こわば》る。が、扉を少し開けて恐る恐る玄関の床に視線を落とすと、そこには姉貴の靴があった。

「んだよ、驚かせやがって」

普段ならこの時間、姉貴はまだ学校から帰ってきていない。きっと「優愛が来る」と伝えたから、早めに学校を出てくれたのだろう。

「おっ、今日は随分早い帰りだったな」

扉が開いたのに気付いてか、廊下に足を踏み入れた俺のもとへと姉貴が出迎えにやって来る――が、

「よぉ……おかえりなさいませ、弟様」

「お前本当に驚かせるなって!?」

白のフリルと胸元の黒いリボンが印象的な、可愛《かわい》らしいメイド服――姉貴の見慣れない

服装と聞き馴染《なじ》みのないセリフに、不意にも声が嗄《か》れかける。

ストリート系の服ばかりを好んで着ていた姉貴がメイド服を身に纏《まと》っている姿など想像した事すらなく、俺は動揺を抑えられなかった。

「どうしたんだ、その格好は……？」

「あん？　何だよ、気付いちまったのか。空って意外とお姉ちゃんの事、普段からよく観察してるんだなぁー？」

「観察はしてないし今が異常事態すぎて、頭がショートしかけてるとこだ。姉貴、これは誰にやらされている罰ゲームだ……？」

「失礼な奴《やつ》だな。自発的に着てるに決まってんだろ？」

「そっちの方が心配になってくるんだが」

今朝から夕方までの間に、どんな心境の変化があったというのだ。

「……にしても、やけにしっかりした生地だな。安物のコスプレ衣装ってわけじゃなさそうだし、割と本格的っていうか……」

口に手を当てて、目線を下から上げていきながらメイド服の出来の良さに戸惑いの声を溢《こぼ》す。すると姉貴は誇らしげに腕を組み、目を細めてニヤニヤと笑った。

「だろ、だろ？　実はこれ、うちが自作したやつでな？」

「この服、姉貴が作ったのか⁉　専門学校ってこういうのも製作するんだな……」

「いんや、完全に趣味。夜な夜な作った」

「いつの間にそんな趣味をっ⁉」

すごいにはすごいけどさ。

「姉貴、コスプレなんて興味なくなかったか？」

「コスプレはしてねーけど、見るのは結構好きだぞ。それにほら、うちって男女見境なしの面食いだろ？　イケメンが好きだけど、美少女も好きってわけ」

「その発言、絶対よそではするなよ」

引かれるし、色々勘違いされるだろうから。

「まぁ、この衣装は一応貸し出し用だ。ツラが良い女に着せたくってさ」

姉貴は俺に見せつけるように、その場でくるっと回転する。

「けど案外、お姉ちゃんも似合ってるべ？　意外とイケてねぇ？」

「うーん、まぁ……うん」

「んだよ、その微妙な反応は！」

「痛っ！」

ムッと唇を尖《とが》らせて、姉貴は俺の額を人差し指で弾《はじ》いた。

まだこの格好に目が慣れていないが、似合っているのは間違いない。弟の俺ですらそう思えるのだから、第三者からしたら評価は高いだろう。

それに一生口にする事はないだろうが、姉貴の容姿はかなり整っている。「ツラが良い女に着せたい」と言っていたが、それは彼女自身にも当てはまる要素だった。

「ひとまず、これが罰ゲームでない事は分かった。で、どういう風の吹き回しで今メイドになりきってるんだよ？」

「ほら、あれだよ。これから優愛ちゃんが来るだろ？　見える場所だけでも掃除しておこうと思って、そしたら丁度昨晩に完成したメイド服があったわけだ」

「よりによってこのタイミングで……」

家事をするのにメイド服というのは百歩譲って理解できるが、それを弟の幼馴染が数年ぶりに家に訪れる日に着てしまうなよ。

「姉貴、一旦そのメイド服は脱いでくれ。優愛に見られたらどうするつもりだ？」

「見せつけてやんよ」

「いいから脱いでくれよっ！」

「いやーん、強引に脱がせようとしないで弟様ぁー」

「触れてすらないのに強引もクソもあるか！　……って、やばい。優愛が来る前にやらなくちゃいけない事が残ってるんだった！」

「一眼レフならお姉ちゃんの部屋の棚にあるぞ」

「姉貴のコスプレ撮影をやる気はねぇよ！」

「チッ、折角《せっかく》だから他撮りしてもらおうと思ったのによぉ」

勝手に自撮りでもしていてくれ。あと早く脱いでくれ。

学校を出たのは別々だが、乗った電車は俺も優愛も同じだった。

家に一度戻りはするものの、湯城《ゆしろ》家からここまでは自転車に乗ればゆっくり漕いでもすぐに到着してしまう。

悠長に話している暇なんてないし、いつインターホンが鳴ってもおかしくない。

「ったく、空は忙《せわ》しないな。客が来るってのに、このタイミングでせかせかと何するつもりでいるんだよ？」

「掃除だよ、俺の部屋の掃除！」

「メイド服着るか？」

「俺まで着るわけな——」

——ピンポーン。

インターホンが鳴ったと同時、俺は口を噤《つぐ》む。

咄嗟《とっさ》にメイド姿の姉貴をどこかに隠そうと急いで腕を引くが、そうしている間にも扉はゆっくりと開いてしまう。

「おかえりなさいませ、優愛ちゃん」

姉貴の挨拶を聞いて、摑《つか》んでいた腕から俺の手は滑り落ちた。

「どういう状況……？」

数年ぶりに都築家へとやって来た、優愛の第一声。この状況を説明もなしに目の当たりにしてしまえば、至極当然の反応だった。

しかしながら、姉貴の格好なんて今はどうでもよくなるほどに、中へと入ってきた彼女の姿に俺は目を奪われる。

「ゆ、優愛？　その格好って……」

「あっれ？　なんだ、イケメンじゃなくて可愛い女の子のままじゃんか」

動揺する俺の言葉を遮り、姉貴が先に口にした。

事前に優愛の外見について聞いていた姉貴からすれば、今日ここに来るのは「男装した優愛」であり――今の彼女は、それとは対照的な見た目をしているのだ。

肩まで伸ばしたウルフカットを後ろで一つに結び、服装は黒のワンピースに白のカーディガン――男装ではない女の子らしい姿をした優愛に、俺は戸惑いが隠せない。

「お久しぶりです、奏海《かなみ》さん。お招きいただいて、ありがとうございます」

「そんなかしこまんないでいいって。相変わらずしっかりしてるなぁ、優愛ちゃんは」

深々と頭を下げた彼女に、姉貴は軽快に笑う。

「あの、そのメイド服っていつも着てるんですか？」

「そっ、いつもいつも！」

「勘違いを引き起こす嘘《うそ》をつくなって！」

「今日を機に家で着るようにすりゃ、本当になっていくだろ？　どうだ、優愛ちゃんもこれ着てみるか？　見たところサイズ的には問題ねーと思うけど」

「いえ、それはちょっと……」

「久しぶりに会った客人をコスプレに巻き込もうとするな！」

「ええ、別にいいじゃんか。減るもんじゃねーし、写生大会でもおっ始《ぱじ》めようぜ」

「おっ始めねぇよ！」

「んだよ、ケチくせっ」

「どんだけコスプレさせたいんだ……」

文句を垂れながら唇を尖らせる姉貴に、俺は呆れて溜《た》め息をつく。メイド服を着る優愛は見てみたいけども。

「にしても、聞いてたイメージとは全然違うなぁー。てっきりイケメン化した優愛ちゃんが来ると思ってたもんだから、ある意味で驚いた」

姉貴は腕を組みながら背を反らし、優愛の全身を視界に映す。

「プライベートなので、女性モノの私服にしたんです。男性モノも着ますけど、今回はこっちの方がいいかなって」

優愛と一瞬目が合うものの、彼女はどこか逃げるようにそっぽを向いた。

「へぇ、へぇ……ふーん？」

姉貴は相槌《あいづち》を打って俺に視線を送り、含みのある笑みをニヤリと浮かべる。

「イケメンが見れないのは残念だけど、可愛い女の子が見れたからどちらにせよ今日は満足だな。早く帰ってきた甲斐《かい》があったってもんだ」

くるりと俺達に背中を向けて、姉貴は「後はお若い二人でごゆっくり」と手を振りながら、リビングへと戻っていく。

「おっと、言い忘れてた」

途中、姉貴は何かを思い出したらしくふと立ち止まった。

「空、しっかり着けろよ？」

「わざわざ忠告してくるな！」

着けるような行為をする気など毛頭ない。ていうか、そういう事を言われると安易に自室に案内する事すら躊躇《ためら》われてしまうのだが？

リビングへと去っていったお節介メイドに不満を抱きつつ、未《いま》だ玄関に立ちっぱなしでいる優愛の表情をチラリと窺《うかが》う。

「……どうかしたか？」

「な、何がっ？」

おそらく……というか確実に、姉貴の余計な一言を聞いたせいだろう。優愛は平静を装いつもどこかぎこちない様子で、俺の問いかけに反応した。

「……ひとまず上がれよ。部屋に入る前に、優愛も行っとくか？」

洗面所を指差して尋ねると、彼女は真っ赤な顔の前でブンブンと両手を左右に振った。

「え、そっちって……で、でもボク、本当にそんなつもりは……っ！」

「あっ……いやいや、いかがわしい意味じゃないから！　普通に手を洗いに行くかって話だっ。俺もまだ帰ってきたばっかりだから！」

「あ……そ、そういう……」

俺が洗面所のすぐ隣にある風呂場を指差したと思ってか、遠回しにシャワーに誘われていると勘違いしてしまったのだろう。

二人して変に意識をしてしまい、おかしな空気が流れ出す。

小学生の頃は純粋だったというのに、互いに健全な成長をしているというか……少しずつ、大人に近付いていっているようだった。

☆

「……しまった」

扉を開けた先に広がる光景を目にするなり、俺はそう口から溢した。

優愛を連れてやって来た、二階の自室。

帰宅して早々に姉貴のメイド姿に気を取られ、その次は女の子らしい格好をした優愛に意識を持っていかれ、動揺の連続に完全に忘れてしまっていた。

床とベッドの上には漫画本と教科書が散らばり、部屋の隅には片付けるのが面倒でまとめて置いたままの段ボール箱、中央に設置されたローテーブル上にはお菓子の空ゴミ――要するに、目の前には女子を招き入れるに値しない「汚部屋」が広がっている。

こんな事なら普段からコツコツと部屋の掃除と物の整理をしておくべきだったと、反省と後悔の念が押し寄せた。

「どうかした？　そら君」

優愛の立ち位置からでは、まだ部屋の中は見えていないらしい。扉の前で固まって中に入ろうとしない俺に、彼女は不思議そうに声をかけた。

「悪い。ここでちょっと待っててくれないか？」

「？　何かボクに見せたくないモノでもあるの？」

「見せたくないモノっていうか、部屋自体を見せたくないというか……」

「もしかして、えっちなポスターが壁一面に貼られてるとか？」

「んなわけあるか！」

姉貴の一言のせいで、そういう意識が付いてしまっているじゃないか。

どこか疑わしいといった面持ちで、優愛は俺の目をじっと見つめる。無理に彼女を廊下で待たせようものなら、その疑いは真実味《しんじつみ》を帯びてしまいそうだ。

「はぁ。じゃあ見せるけど、引かないでくれよ？」

とは言いつつも、それが無理な頼みなのは重々承知だ。

一つ溜め息をつき、仕方なく自身の隣にスペースを作る。優愛はそこに身を寄せて、部屋の中を覗《のぞ》き込んだ。

「こ、これって……」

「皆まで言うな。自分が一番分かってるから……」

「ふ、ふふ……ははは っ！ なんだ、そういう事っ⁉」

気まずそうに掌《てのひら》で顔を覆った俺をよそに、優愛は笑い声を上げた。

「この部屋、そんなに笑える要素あるか？」

「ごめんごめん、ついねっ。いかがわしい部屋だから見せたくないのかなって身構えてたら、ただ散らかってるだけだったからさ？」

目にうっすらと浮かんだ涙を、彼女は指で拭う。

こんなにもだらしない部屋を見せたらドン引かれるのは免れないと思っていたが、どうやら杞憂《きゆう》だったようだ。

むしろ汚部屋のおかげで、さっきまでの変な空気感が吹っ飛んだ気さえする。

「というわけで、だ。ちょっとばかし、ここかリビングで待っててくれないか？ すぐにでも片付けるから……」

「いいよいいよ、気にしないでっ！」

「そうは言っても、こんな状態じゃまともにくつろげないだろ？」

「じゃなくって！　一緒に片付けるよ、この部屋っ」

「いやいや、さすがに悪いって！　客人に部屋掃除を手伝わせるとか！」

「客人を廊下やリビングでほったらかしにする方が、よっぽど悪くない？」

「うっ、確かにそうだけど……」

ごもっともな見解に、返す言葉が見つからない。

一階に下りれば姉貴がいるが、よく考えれば優愛と二人きりにするのも心配が残る。変な事を吹き込まれでもすれば、またもおかしな空気感に逆戻りだ。

「……仕方ない。片付け、手伝ってもらってもいいか？」

「よーし、任せてっ。パパッと終わらせちゃお！　……と、言いたいところだけど」

優愛は俺に体を寄せ、ぴとっと肩と肩を触れさせた。

「片付け始める前に、先に言わなくちゃいけない事があるんじゃないっ？」

どことなくツンとした声音で、彼女は俺の顔を下から覗き込む。

「先に……？」

「もう、察し悪いなぁ。それとも似合ってないから、あえて触れるのを避けてるの？」

そこまで言われて、俺はようやく気が付いた。

小学生以来に目にした優愛の女の子らしい服装――どうやら俺が「感想」を伝えていなかった事を、彼女は気にしていたらしい。

「えっ……と、そう、だな……」

改めて言おうとすると言葉に詰まり、同時に後悔してしまう。

後出しの感想ではたとえそれが本心であったとしてもお世辞のように聞こえるだろうし、何より彼女にこういう質問をされている事自体が情けない。

優愛は今でも少なからず、こんな俺に好意を持ってくれている。

再会した日に二人で出向いた公園で、彼女がしていたという妄想――「結婚の約束を叶《かな》えられるかも」と話していた事が、頭に浮かぶ。

普段、優愛は自らの意思で男装をしているものの、あの日の発言や表情からは、何かしらの事情があるように窺えた。

その上でわざわざ男子用の制服から女性モノの私服に着替えてきたのは、もしかすると彼女にとって「大きな一歩」であったのかもしれない。

わざとらしく拗《す》ねた態度をしてみせる優愛だが、彼女の表情にはどことなく陰りがあるように俺の目には映っていた。

「……優愛」

名前を呼ぶと、彼女は少し不安げに口をすぼめる。

言葉にしようとすると、やはり照れ臭い。

それでも、はっきりと本心を伝えるべきだろう。

「男装も似合ってたけど……女の子らしい可愛《かわい》い服も、同じくらい似合ってるよ」

「……っ」

俺の言葉に、優愛は目を見開く。

まるで光が差し込んだかのように、彼女の表情から一切の陰りが消え去った。「えへへっ」と笑みを溢《こぼ》し、前を向き直すと俺の肩にぽふっと頭を置く。

「そら君にそう言ってもらえると……ちょっとだけ、自信付いちゃうな」

俺の前にいる時の明るい声でも、ましてや男装時の凛々《りり》しい声でもない、甘くとろけるような優愛の声——それを聞き取ると、俺の体温は耳から一気に上昇してしまう。

「よーし、気分もすっごい高まった！　これで片付けも頑張れそうっ」

「ならよかった。よろしく頼むよ、優愛」

「任せてよ、そら君！」

そう言うと俺の肩から頭を離し、彼女は床に膝をついて辺りに散らばっている漫画本や教科書を早速拾い始めた。

「にしても随分と汚したね。泥棒でも飼ってるの？」

「飼うどころか家にすら入れたくねぇよ」

盗みに入られたような惨状にはなっているけれども。

先に片付けに取りかかった優愛に次いで俺も床に腰を下ろし、ローテーブル上に放置したままのペットボトルやお菓子の袋をまとめていく。

「この教科書は学習机に置けばいい？」

「ああ。教科書は机に付いてる棚に入れておいてくれれば……あっ」

質問に答えようと視線を上げるも、俺は慌てて目を逸《そ》らす。

俺の視界に入ってきたのは、薄ピンク色の下着と色白な谷間——前屈《まえかが》みの体勢を取っていた優愛の胸元に、俺の平常心は掻《か》き乱された。

「そら君？」

「いや、何でもない。机の棚に収納しておいてくれないか？」

「……？　うん、じゃあそこ置いとくねっ」

動揺する俺に首を傾げながらも、彼女は立ち上がって学習机へと足を進める。

女子向けの衣服を着慣れていないせいもあるのか、「見えてしまうかも」という意識が薄いのかもしれない。

それはそうと、ピンクか……私服を見た時もそうだが、普段が男装をしているのもあってふと女の子らしい一面を目にすると、やたらドキドキしてしまう。

「あれ……？　これってそら君の？」

学習机の前に立った優愛に声をかけられ、俺は逸らした視線を彼女に戻す。

「あぁ、それか。俺のだよ。だいぶ前に貰《もら》ったやつ」

優愛が摘《つま》んでいたのは、一つの指輪だった。

顔の横にそれを掲げ、彼女はむすりと唇を尖《とが》らせる。

「貰ったって誰に？　だいぶ前って事は、中学生の時？」

「まぁ中学の頃ではあるけど……なんか、やけに質問攻めしてくるな」

「だって気になるじゃんっ。元カノから貰ったのかな……とか」

「も、元カノなんていねぇよ！　女子と付き合った事すらないんだから！」

「えっ？　恋人いた事ないの？」

「何だよ、その驚いた顔は。……煽《あお》りか？」

「ううん、意外だったから……。まさかそんな事あるんだ、って」

悪意がないのは分かるが、顔の良い奴《やつ》に言われると煽りとしか思えない。

「じゃあ、この指輪って誰からの贈り物なの？」

「姉貴からの誕生日プレゼントだ」

「っ！　そっか……そっかそっか！」

贈り主が誰か知ると優愛はどこか安心した様子で、口元をふにゃりと緩ませた。

「シルバーの指輪……デザインも素敵だし、奏海さん良いセンスしてるね？」

「貰った日にはめて以降、使わずにいたんだけどな」

「勿体《もったい》ないし、普段使いすればいいのに」

「サイズがピッタリすぎて、一度はめると外しづらいんだよ」

立ち上がった俺は優愛から指輪を受け取り、久々に右手の人差し指にはめてみる。そこから実際に外してみようと、強めに指輪を引っ張った。

「いててて……っ！」

「わわっ！　ちょっととっ、大丈夫⁉」

「ああ……。まぁ見ての通り、外すのに手間がかかってさ」

「なら、無理して使わない方がいいかもね……」

俺は指輪を強引に取って、どこにしまっておこうと周囲を見渡した。

「ところで、そら君ってここ数年で趣味変わった？」

「え？　どうしてそう思ったんだ？」

「小学生の頃のそら君の部屋って、今よりもっと『スポーツ少年！』って感じだった覚えがあってさ？」

俺につられて部屋全体を眺めながら、優愛は思い返したように口にする。

スポーツ少年……彼女の中ではやはり、そのイメージがまだ残っているのか。

小学生の頃、俺は地元のクラブチームでサッカーの練習に日々励んでいた。

今は全て取り外してしまっているものの、当時は好きな選手のポスターやユニフォームを壁に飾り、コテコテのサッカー少年の部屋を作っていたのだ。

現役でプレイしていた時は周囲の大人やチームメイトからも実力をそこそこ評価されていて、思えば小学生時代の俺が現在と比べ物にならないほどに社交的かつ自信に満ちていたのも、サッカーにより自己肯定感が高まっていたからなのかもしれない。

「そら君、今って部活入ってないよね。クラブ所属ってわけでもなさそうだし」

「サッカーは中学で引退したからな。怪我《けが》が理由で」

「え……ごめん、そうだったんだ……」

「別に気にしなくていいよ。でも、なんだか懐かしいな。優愛が遊びに来ると、よく一緒に『ウイイレ』とかやったっけ」

「そうそう、一緒にやった！　全然手加減してくれなかったよね、いつプレイしても」

「勝負事には男女関係ないからな。手加減はスポーツマンシップに反するし」

「だとしても、初心者相手じゃ手加減するよ。……あの頃のそら君、ボクといる時以外はサッカーばっかしてたよね。ほぼ毎日、ユニフォームや練習着で登校してたし」

確かに振り返ってみると、好きなプロチームのユニフォームやスポーツメーカーの運動着を私服として普段から着ていたっけ。

数年前ともなれば自分の事であっても記憶が曖昧になるというのに、よく優愛はここまで鮮明に覚えているな……。

「そういえば、再会してからまだ一度もそら君が私服を着てるとこ見てなかったね。制服以外だと、最近はどんな系統の服を着てるの？」

「どんな系統か……意識してなかったけど、シンプルめのが多いかな」

「タンクトップに短パン？」

「わんぱく小僧かよ」

高校生でその格好が似合う奴なんて、筋トレに明け暮れたマッチョくらいだ。

「無地かワンポイントが入ってる程度のＴシャツやパーカーだな、よく着るのは。下はカーゴかジーパンで合わせてさ」

「思いの外シンプルだね。あまりファッションには興味ない？」

「『興味がない』って言ったら嘘《うそ》になるけど、あんまりだな。そもそもどういう着こなしが自分に合うとか、判別つかないし」

「いざオシャレしようとしても、最初のうちはよく分からないものかもね」

優愛も経験があったのか、腕を組んで「うんうん」と頷《うなず》いた。

「でも、シンプルな服でもオシャレはできると思うよっ。清潔感も出しやすいし、今の系統のまま色んなブランドやアイテムを試してみたら？」

「清潔感……。確かに優愛が男装してる時って、他の男子と比べても誰より小綺麗《こぎれい》に見えてたな……」

「男装するにあたって、色々気にかけてるからね！　清潔感があるだけで、ボクなんかでもちょっとは雰囲気イケメンに見えたりするものだしっ」

そのセリフに「お前は雰囲気じゃなくてガチのイケメンだよ」と返してやりたくなったが、虚《むな》しくなるのが目に見えていたので喉に留《とど》めた。

「イケメンとまではいかなくても、清潔感があれば見た目はだいぶ良い風に見えそうだよな。……けど、それってどうすれば出せるんだ？」

「細かいとこまで手入れをする、とかかな？　例えば、小まめに爪を切ったり」

「それだけで変わるものなのか？」

「一見あんまり変わらなくても、そういう意識の積み重ねが段々と自分磨きに変わっていって、最終的にはオシャレに繋《つな》がるんじゃないかなぁ」

「……なるほど」

意識の積み重ね、か。

自身の手を裏返し、爪一枚一枚を確認する。

「だいぶ伸びてるな……」

「この爪、どれくらい放置してるの？」

「二週間くらい」

「わぁお、かなり無頓着だね。……でも、これはこれで安心できるかも？」

優愛は俺の手を両手ですくうようにして持ち、静かに見つめた。

温かい彼女の掌《てのひら》に触れ、ほんの少し背筋が伸びる。

「爪が伸びてて安心できるって、どういう心境だよ？」

「女遊びしてない証拠だからねっ」

「何だよ、その理屈」

爪の伸び具合と女遊びしてるかどうかって、普通は結び付かないだろ。実際、遊んでなんかいないのだけれど。

「……にしても優愛の手、こんなに小さかったんだな」

手元に視線を落とし、今度は俺が彼女の両手を持ち返す。

「そうかな？　女の子の平均くらいだと思うけど」

小学生の頃に手を握った時は俺と同じくらいだったが……まぁ、それもそうか。もう何年も経《た》っているのだから、当たり前である。

「そこらの女子より色白で、指は細くて綺麗だし……よくよく見ていくと、案外周りに言われてるほど『王子様』っぽくはないよな」

「ふふっ、別に普通だよ。色白なのは認めるけど、中学生の時にバレー部に入ってたから、指だってそんなに細くはないし」

「十分細いだろ……ほら」

学習机に置いていた指輪に自然と手が伸び、その穴に優愛の指をゆっくりと通した。

「な？　この指輪だって、こんなに余裕を持って入るし」

「っ……」

瞬間、彼女の手がビクッと震える。

「優愛……？」

手元から視線を上げると、彼女の頰《ほお》は真っ赤に染まっていた。

優愛は髪を耳に掛け、もごもごと口を動かす。

「……そ、それはそら君の手の方が大きいんだから、余裕で入るのも当然だよ……」

指輪のはまった手を胸に寄せ、優愛は急いで片付けへと戻った。少しすると畳んだ段ボール箱で顔の下半分を隠し、俺にジーッと視線を向けてくる。

「この指輪、今日だけ……借りてもいいかな？」

「……？　別に構わないけど」

そう伝えると彼女は段ボールを床に置き、天井から注がれる照明器具の灯《あか》りに照らすようにして、薬指にはまった指輪をうっとりと眺めた。

どうやら姉貴に貰った指輪が、随分とお気に召したらしい。

「ほれ、成長期なんだからもっと食え食え。うちの弟なら根性見せろ！」

「食ってるよ、いつもよりたくさん……」

食卓に並べられた料理の数々を前に頭を抱えながら、限界を突破した自身の腹を労《いたわ》るように優しく撫《な》でる。

☆

部屋の片付けを終えた後、俺と優愛は夕食ができるまでの間を部屋の中で過ごし、十八時頃からは姉貴を含めた三人でリビングのローテーブルを囲んでいた。

それから時間は少しずつ過ぎて、時計の針はあと数分で十九時を指そうとしている。しかし食卓には依然、からあげとパスタの山がそびえ立っているのだった。

「うぷっ。さすがにこの量は作りすぎだろ……」

「仕方ないべ。久々に優愛ちゃんが来るからって、気合いと麺と鶏肉《とりにく》を入れすぎちまったんだからよ」

「だとしても限度があるだろ！」

「ほら弟様、ワガママ言ってないでさっさと胃に詰め込んでくださいませ！」

「これ以上食ったら吐くって……」

ストリート系の服装に着替えた今も尚《なお》、姉貴は荒々しいメイドのような口調で「早く食べろ」と俺を急《せ》かしてくる。作った本人はすでに自分で食べ切る気などないらしい。

一方、優愛は俺の隣で正座しながら申し訳なさそうに腹に手を添えていた。

「ごめんなさい。折角《せっかく》作ってくれたのに、あんまり食べられなくって……」

「気にするな、優愛。姉貴が分量を間違えて作りすぎただけだから」

「そうそう、優愛ちゃんは気にする必要ねーよ？ これからうちの弟が大食いパフォーマンスを披露してくれるから、楽しんでってくれ」

「リビングが大惨事になるぞ」

冗談ではなく、俺の腹はとうに容量ギリギリだ。からあげの衣が入っただけでも逆流してしまいそうなほどである。

「俺含めてもう全員腹いっぱいだし、無理せず残りは明日食べればいいだろ。冷蔵庫に入れとけば一日くらいはもつだろうし」

「しゃーない、そうすっか。空のゲロ吐きショーを見てゲラ笑いしたかったけど、今回のとこは堪忍してやんよ」

姉貴は大口を開き、品性の欠片《かけら》もない笑い声を上げる。

実の弟に向けたとは思えない鬼畜発言に、俺は溜《た》め息をつくしかなかった。

「奏海さん、全部は食べられなかったけど……料理、どれも美味《おい》しかったです」

「にひひ。気に入ってもらえたなら作った甲斐《かい》があるってもんよ」

料理を褒められたのがよほど嬉《うれ》しかったのか、姉貴はニヤニヤしながら頭を掻《か》く。

今はからあげとパスタのみが食卓に残っているが、初めはサラダやスープなども所狭しと並んでいて、姉貴の気合いの入りようが分かる夕飯だった。

普段の言動の荒々しさからは想像しにくいものの、小学校高学年から毎日料理をしていた事もあって、その腕前はピカイチである。

料理上手かつコスプレ衣装を独学で作れるほど器用であり、弟目線で見ても悪くない見た目……言動が全ての長所を相殺しているのが、非常に勿体《もったい》ない。

「優愛ちゃん。残り物、パックして持ち帰るか？」

「えっ、いいんですか？」

「持ってけ持ってけ！　確か今は、元いたばあちゃんちに住んでんだったか？」

「はい、二人で暮らしてます」

「んじゃ、二人分パックするからちょい待ってな」

そう言って姉貴が立ち上がると、優愛はどこか慌てた素振りで横に手を振った。

「……いえ、一人分で平気……です」

「ん、ダイエット中だったか？」

「ボクじゃなくって……多分、おばあちゃんは明日のごはんをもう用意してると思うので。今日貰《もら》った物は明日、ボクの昼食にします」

「ふーん、そういう事な。ばあちゃんとは仲良いのか？」

「仲が良いかは分からないけど、育ての親みたいな人だから……好きですよ。ただあまり迷惑をかけたくないから、可能な限り頼りすぎないようにしています」

「ほへー。うちがばあちゃんなら、可愛《かわい》い孫にくらい遠慮なく頼られたいけどな」

姉貴は戸棚からパックを取り出し、使っていない箸で料理を分けていく。

「まぁ、こっちに戻ってきたばっかで色々大変だとは思うけどよ。何かあれば遠慮しねーで、うちらを頼んな。弟なら一ヶ月くらい貸し出すし」

「俺の意思は尊重してもらえないのか？」

「弟ってのは姉の所有物だからな。生殺与奪の権も姉次第だろ」

とんだ姉貴関白である。

しかし、姉貴の言葉を聞いて優愛の表情はどことなく和らいでいた。

もしかすると内心、この街での生活に不安を抱えていたのかもしれない。

「何かあった時は……そら君、お借りします」

やはり、俺の意思は尊重してもらえなさそうである。

「優愛ちゃん、良い女になったたな」

彼女がトイレに行くため席を外すと、姉貴はフローリングの上でくつろぎながら、キッチンへと食器を運んでいる俺に声をかけた。

「そうだな。否定はしないよ」

「ったく、空も隅に置けねーな。あんな子を家に連れ込むなんて、近頃の柔な男共にゃなかなかできねーぞ？」

「人聞き悪いな。招待したのは姉貴だろ」

実際、優愛を家に誘うまでの過程は少しばかり苦労したが……。

「で、部屋で二人きりになってみて進展は？」

「進展？」

「どっからどう見てもおせっせする流れだったろ！」

「おせってねぇわ！」

「幼馴染《おさななじみ》かつ同級生の美少女と部屋で二人きりだったのに⁉」

信じられないといった顔をして早口で捲《まく》し立てられるも、おせっせ……そう簡単に性行為に発展してしまうほど、俺と優愛は飢えていない。

「けどよ、婚約前に性行為をカマしてないカップルの方が稀《まれ》じゃねーの？」

「ちょっと待て。そもそも、俺とあいつは婚約なんてしてないぞ？」

「小学生の時にしてたろ」

「それは小さい頃の約束だから、時効に近いっていうか……」

次にお互い大人になって会った時、結婚しよう——確かに婚約してはいるし、お互いそれを覚えてはいるものの、彼女自身も約束を「一旦やめる」と言っている。

この「一旦」というのが意味ありげだが、現状そこまで先を考える必要もないだろう。

「あぁあ、勿体ねーな。あっちは空に気があるの確定だってのに」

「ほっとけよ。姉貴には関係ないんだからさ」

「関係大ありだわ！　弟がツラの良い奴《やつ》と結婚すれば、確率的にツラの良い甥《おい》っ子《こ》か姪《めい》っ子《こ》ができる可能性も高いしよ。あ……勿論《もちろん》、男と結ばれてくれるのも歓迎だぞ？」

「俺はノンケだから男に振り向く事はねぇよ……」

「でも、優愛ちゃんは普段は男の格好してんじゃねーの？　それ見てときめいたりする事だってあるだろ？」

「男の格好をしてるだけで、中身は女子だろ」

男装時の優愛を魅力的に感じる事は、「ない」と言ったら嘘《うそ》になる。

優愛と再会した日に出向いた公園、それに今日行った図書室でも、彼女と一緒にいて心が揺さぶられる事は度々あった。

とはいえ、それは前提として優愛が「女子」である事を知っているからだ。

ただ、見た目は中性的な男子だから混乱するし、その容姿が壁となっているのか彼女を純粋に「異性」として見るには、もう一歩踏み込み切れていない。

「てか、ちょっと優愛と話しただけでよく断言できるな。あいつが俺に気があるの確定だなんて、無責任な事をさ」

「断言も何も、うちが空にやった指輪をはめてたからな」

「気付いてたのか。一応言っておくけど、貸してるだけだぞ？」

「だとしても興味ない男の指輪なんてはめねーよ、普通は。つーかあれを見て、あんたらの関係に進展があったと思ったわけだしな。婚約指輪代わりに渡したのかと」

「こ、婚約指輪って……っ！」

特に意識せず貸していたが、傍《はた》から見るとそういう風にも見えてしまうのか。

貸してすぐの優愛の反応を思い返すと、どこか照れていたような気がしなくもない。もしかすると、彼女も婚約指輪を意識していたのか……？

てっきりデザインが気に入って使用感を確認するためにはめたままでいるものとばかり思っていたが、なんだか途端に恥ずかしくなってきた。

「うちが言う事でもないけど、あんま思わせぶりな態度は取んじゃねーぞ？」

「取るわけないだろ。性悪じゃあるまいし」

「無自覚で思わせぶる奴ってのは、性悪以上にタチが悪いからな」

姉貴は「ケッ……」と舌を出しながら俺に悪態をついてくるが、そんな風な扱いを受ける筋合いは全くなかった。

「大体の人類、ちょっとでも『いいな』と思ってる相手が自分に好意を持ってるような素振りを見せると、一気に気持ちが傾くもんなんだよ。……んで、傷付いて終わる」

「やけに私情混じりの言い草だな……。思わせぶられた経験でもあるのか？」

「うちも大人のレディだからな。色々見たり聞いたりするし、経験豊富なんだ」

「彼氏さえできた事ないくせにな」

「なくても経験ってのは積めんだよ」

姉貴は立ち上がり、ローテーブルに置かれた残りの食器を手に持った。

「続きはうちに任せて、空は優愛ちゃんを家まで送ってきな。可愛い女の子には優しくしてやんねーとな」

「その優しさが思わせぶりに繋《つな》がるんじゃないのか？」

「優しくされないってのも、思わせぶりと同じくらい傷付くもんなんだわ」

「……塩梅《あんばい》が難しいんだよ、それ」

「それを学ぶためにも、今のうちに青春しとけ」

☆

優愛と肩を並べてそれぞれ自転車を押しながら、俺達は湯城家までの徒歩五分ほどの道のりを歩いていた。

「近所で道も知ってるし、送らなくても一人で帰れるよ？」

「いいんだよ。田舎《いなか》とはいえ、夜道を女子一人で帰るのは危ないから」

「へぇ、そら君は優男《やさお》だね。ボクを女の子扱いしてくれるんだ？」

「そりゃあ、女の子だからな」

姉貴に言われる前から、俺は優愛を家まで送るつもりでいた。

高層ビルや商店もない田舎道では、民家や街灯の灯《あか》りが点々とはついているものの、十九時を過ぎれば辺りはすっかり暗くなってしまう。

田舎特有の人が少なく落ち着いた雰囲気は、人通りや防犯カメラの多い都会とはまた違った危険な一面でもあるのだ。

そんな中で今の格好の優愛を夜に一人にさせるのは、何かと不安が付き纏《まと》う。

黒のワンピースと白のカーディガン、ウルフカットを後ろで一つに結んだ女の子らしい綺麗《きれい》な外見は、俺含め男の視線を集めてしまうはずだ。

数年の時を都会で過ごして洗練されたファッションセンスと、優愛自身の見た目の良さはこの田舎には溶け込み切れず、良くも悪くも目立ってしまっていた。

「懐かしさを通り越して、新鮮な気分だよ……。女の子扱いされるなんて、もう何年も経験してなかったからさ」

「普段は男子の格好してるわけだし、仕方ない部分はありそうだよな」

人によっては「女子扱いされたくないから男装をしているのかも」と気遣って、女子と知りながらも男子として接してくる人は少なくないだろう。

現に俺だって優愛以外の男装女子であれば、完全に男扱いとまではいかなくても他の女子とは若干異なる関わり方をしていたに違いない。

「そら君はさ、今ボクが男装していたら家までは送ってくれなかった？」

「いや、送ってただろうな」

「でも男子の格好をしてたら、一人で夜道を歩いてても危なくないでしょ？」

「男だから安心ってわけでもないだろ。世の中、色んな奴がいるし」

「って事は、他の男子にもそういう事してるんだ？」

「何だよ、その嫉妬してる風の言い回しは」

普通、女子の優愛が言うのであれば「他の女子にもそういう事してるんだ」となるはずだが、いつもが男装姿だとどこか複雑に考えてしまう。

「そもそも男子で仲良い奴がほぼいないし、家まで送るシチュエーションにすらなった事ねぇよ。……言っとくけど、女子もだからな？」

「へぇー？　じゃあ家まで送ってくれるのは男女どちらの姿でも、ボクだけなんだ？」

優愛は少し誇らしげな様子で、「ふふん」と口角を上げる。

「自慢できるような事でもないのに、よくそんな顔ができるな」

現状、こうして気兼ねなくたわいもない雑談ができる関係を築けている相手自体、俺には彼女くらいしかいない。

高校生を一年以上もしているくせして、そういう間柄の友達を作れていないぼっちな俺の「唯一の存在」になれたところで、何一つ価値などないだろう。

「なんというかさ、そら君は変わったよね。……話してみると、結構色々さ？」

「悪い意味でか？」

「ううんっ。大人っぽくなった、って意味で！」

優愛は俺の卑屈な返しを否定し、クスリと微笑《ほほえ》んだ。

「……別に、大人っぽくなったわけじゃないんだ。小学校を卒業してから人と関わる機会が減っていって、いつの間にか社交性が欠けて大人しくなっただけだよ」

中学生の途中まで続けてきたサッカーを怪我《けが》が理由でやめて以降、俺は自分でも自覚できるほどに無気力になってしまった。

自分にとってサッカーは唯一と言ってもいい特技であり、強み——自身が他者と対等でいるための「武器」だった。

「やめてすぐはショックのあまり、学校もまともに通えない時期があってさ。……部屋にあるポスターやユニフォームを見るのも辛《つら》かったから、全部処分した。あとは引きこもってゲームや漫画で自分の気を誤魔化《ごまか》して……本当、情けないよ」

当時は「怪我が治ったら戻ってこいよ」と温かい言葉をかけてもらえていたけれど、月日が経《た》てば部外者となった俺になどいつしか構ってくれなくなる。

クラブチームや部活ではチームメイトといつも行動を共にしていたが、彼らとは「サッカー」でしか繋がる事ができなかった。

もっと積極的に繋がりを保とうとすれば、また違っていたのかもしれない。だが、あの頃の俺は耐えがたい引け目を感じ、自ら離れてしまった。

結果、自信まで失った俺は人と接する事さえも避け始め、高校進学後は人との関わりに一線を引いて過ごすようになっていったのだ。

「そら君は偉いね」

優愛はふと立ち止まり、下を向きながらぽつりと溢《こぼ》した。

「どこに偉い要素があるんだよ、今の話に」

「辛い事があって、そこから一気に塞ぎ込んじゃう人もいるからさ。それを乗り越えて今は学校に通えてるんだから、偉いしすごい事だよ」

つられて足を止めた俺に彼女は歩み寄り、掌《てのひら》を広げて俺の方へと腕を伸ばす。

「頑張ったんだね、そら君はっ」

小さく温かな優愛の手が、そっと頭に触れた。

彼女は「すごい、すごい」と、とかすように髪を何度も撫《な》で下ろす。

「……っ」

サッカーをやめたのはもう何年も前だというのに、消えずしつこく残り続けていた辛さが、緩やかに浄化されていくのが分かった。

慰められる事はあっても、褒めてくれる人はいなかった。

惨めに同情をされるのではなく、現状を肯定してもらえるというのは——今の俺にとって、何よりの「救い」だった。

その時——不意に目の前が光に満ちて、一台の自動車が通過する。

「も……もういいよ、ありがとう」

自動車のライトと走行音で我に返り、途端に恥ずかしさが込み上がった。俺は彼女の手をすっと避けて、視線を逸《そ》らす。

「確か小学生の時も、似たような事があったよね」

「そう……だっけ？」

「ほら、ボクがサッカーの試合を応援しに行った時っ」

「？　あっ、ああー……」

そういえばあの時も、優愛は今日みたいに俺に接してくれていた。

応援に来た彼女に良いところを見せようと張り切った挙げ句、空回りして全然シュートを決められなかった俺は、悔しさのあまり帰り道でひどく気を落としていた。

そんな俺の頭を撫でながら、優愛だけが救いの声をかけてくれたのだ。

無闇な慰めや別のプレーを褒めるとかじゃなく、「悔しさを感じられるのはすごい事だよ」「次のために頑張ろうと思えるなんて偉い」と、ただ現状を肯定してくれた。

欲しい言葉を的確に言ってくれるから、優愛といると心地がよいのかもしれない。

「本当……見た目は変わっても、中身は当時のままなんだな」

彼女と話せば話すほど、懐かしさに包まれていく。

忘れかけていた思い出が現実と重なり、鮮明に蘇《よみがえ》ってくる。

しかし――だからこそ記憶として残っている彼女のイメージと、普段の男装している姿が頭の中で嚙《か》み合わず、違和感を持ってしまうのだろう。

今は女性モノの服を着ているものの、ふとした瞬間に男装時の姿が頭にチラつく。それほどに強い印象として、もう一人の彼女が俺の脳には焼き付いていた。

「なぁ、優愛」

「どうしたの、そら君？」

「……ちょっと、訊《き》いてもいいか？」

俺の真剣な眼差《まなざ》しに、優愛は一瞬目を丸くした。何を訊かれるか予想が立ったのか、彼女は身構えるように顔を俯《うつむ》かせる。

「いいよ。……そろそろだろうなとは、思ってたから」

「……そうか」

どういう質問の仕方をするべきかと、俺は頭を働かせた。

俺が知ろうとしている事は優愛にとって重大な問題であり、きっと彼女と今後関わっていく上でも必要な話になるはずだ。

優愛と再会した日の公園でのやりとりを、俺は改めて思い浮かべた。

小学生時代の「あたし」から、いつの間にか「ボク」へと変わっていた一人称。

女子生徒のではない、男子生徒用の制服――いつから、なぜ、男装を始めたのか。

あの日、優愛は「大した理由はない」と俺に告げた。自身の気持ちを無理に誤魔化そう
としているかのような、どこか悲しい表情で。

彼女の「格好《かっこ》良い服装に憧れがあった」「一人称の『ボク』は男装する上での雰囲気作
り」というのも、嘘《うそ》ではないのかもしれない。

ただ――少なからずそれが本心でもない事だけは、まず間違いなかった。

「単刀直入に、優愛が男装をする『本当の理由』は何なんだ？」

やっぱりその事か、という反応である。

優愛は視線を左右に動かし、自転車のハンドルを落ち着きなく指先で撫でた。

「そら君、少し先に進まない？」

笑顔を繕って、彼女は遠目に見える自動販売機の灯りを指差す。

「この話をするなら……もうちょっと、心を落ち着けたいの」

「……ああ、わかった」

自転車を転がして前へと歩いていく優愛の背中は、力なく微《かす》かに丸まっていた。

彼女を追いかける俺の足取りも、負荷が加わったみたいに重くなる。

これから足を踏み入れる事の重大さが、全身に伝わってくるようだった。

自販機の前で自転車のスタンドを立てると、優愛は横のベンチに腰を下ろす。

「午後ティーのストレートでいいか？」

「わっ。よく分かったね、ボクが飲みたいの！」

「昔から好きだったし、優愛は気に入ったら同じのを買い続けるタイプだろ」

「やっぱり、ボクの事は何でもお見通しだ」

「小学生までの事しか知らないけどな。……だから、優愛の『今』も知りたいんだ」

購入した二本の飲み物のうち一本を優愛に手渡し、隣に座った。

「ありがと、そら君」

「気にすんな。お詫《わ》びだから」

「お詫び？」

「深く詮索されるのが辛かったから、男装してる理由を誤魔化したんだろ？　なのに、それを聞き出そうとしてるお詫びだ……」

「もう、気にしなくていいって。そら君にはいつか本当の事を話したかったし、あのままだと……ずっと心の中で、モヤモヤが残り続けてたに違いないから」

ペットボトルを両手で持ちながら、優愛は俺の顔を覗《のぞ》き込む。

「それに……もしボクが本当に嫌がってたら、この質問だって無理に答えさせようとはしなかったでしょ？」

「そりゃあ当然だろ」

「だったら尚更《なおさら》、気にする必要ないよ。ボクを思っての質問なのは分かってるしさっ」

「午後ティーは貰《もら》うけどね」と笑いながら、彼女は紅茶を一口喉に流す。

ほんの少しではあるものの、どうやら気持ちも落ち着いているらしい。

優愛はベンチの背もたれに体重を預け、ペットボトルの飲み口に視線を落とした。

「今からボクが何を言っても、失望しない？」

「するわけないだろ」

「……よかった」

数秒、時が止まったように音が聞こえなくなった。

緊張感が空気に伝播《でんぱ》していき、俺はごくりと唾液を飲む。

「ボクさ……いじめられてたんだ」

優愛の口から発された事実に、目を見開いた。

「……いじめ？　優愛が？」

俺の声を聞き、彼女は頷《うなず》く。

「それ、小学生の時か？　誰にだ、そいつの名前はッ⁉」

急激に怒りが湧き上がり、俺は声を張り上げる。すると優愛は人差し指を俺の口元に当て、「落ち着いて」と声をかけた。

「ふふっ。そら君はボクに何かあると、いつもボク以上に怒ってくれてたよね？」

「……悪い、取り乱した」

「安心して。いじめを受けてたのは、そら君と同じ学校に通ってた頃じゃないよ。引っ越した先で中学校に進学した、すぐその後」

そうは言われても、いじめに遭っていたと知っては平常心じゃいられない。

「まさか地元に戻ってきたのも、いじめから逃れるためだったりするのか……？」

「ううん、高校生になってからはいじめもなくなったよ。今回の引っ越しも、ボクじゃなくてママの事情だから」

「そう、なのか……」

「男装を始めた理由は……中学でのいじめと、ママが理由だけどね」

優愛はゆっくりと息を吸って吐き、呼吸を整える。

自らは質問せず、俺は彼女の口が開くのを静かに待った。

「昔を知ってるそら君には想像もできないだろうけど……中学生の時、初めて男子に告白されたの」

昔を知っている俺だからこそ、優愛が男子から告白を受けるのは至極当然であり、驚くべき事でもなかった。

小学生の頃の優愛は学校全体で見ても群を抜いて可愛《かわい》らしい容姿だったし、かつ控えめで優しい性格もあり、男子からは高嶺《たかね》の花《はな》のように思われていた。

本人は気付いていなかったみたいだが、俺が把握している限りクラス内だけでも彼女に好意を抱いている男子生徒が数多くいたのを覚えている。

「それで、その相手とは付き合ったのか？」

「断ったよ。……『好きな人がいるから』って」

「……っ」

優愛の柔らかな手が、俺の手の甲を上から覆った。

あえて口にはしないものの、彼女が当時好きだった人が誰なのかを指し示すには、十分すぎるほどに分かりやすい伝え方だった。

真剣な話をしているというのに、少しばかり口元が緩んでしまう。頰《ほお》の火照《ほて》りと表情を隠そうと、俺は優愛から顔を背けた。

「けどね……それが理由で、ボクはいじめを受けるようになったの」

　しかし、その人物の名前を今言わなかったのは「俺に責任を感じさせないため」の配慮であったのだと、すぐに理解する。

　緩んだ口が自然と戻って、俺は再び彼女の声に耳を傾けた。

「フラれた男子が腹いせに、いじめをしてきたとか？」

「むしろ逆。告白以降、その男子はボクに一度も話しかけてこなかったよ。……ただその子って、学年で一番モテてる男子だったんだよね。クラスでも人気者でさ」

　そこまで聞いてしまえば、いじめに発展した理由は容易に想像がつく。

「彼に好意を持ってた女子達の反感を買って、ボクはいじめられたの。『色恋かけて抜け駆けした』『告白を断るなんて調子乗ってる』って……蹴られたり、物を隠されたり」

　重なった優愛の手が、俺の手を強く握りしめる。

　段々と力がこもっていく中で、彼女の過去の痛みまでもが伝わってきた。

「告白を断って、優愛は後悔してるのか？」

「してないよ。自分を守るために誰かと付き合うなんて、ボクを好きになってくれた人に対しても失礼だから」

　優愛の言葉は、信念に満ちたものだった。

　昔から妙に意思が固い面を持ち合わせていたが、未《いま》だに健在らしい。

「……あと、もう一つあるんだろ？　男装を始めた……母親絡みの理由ってのが」

「まぁ。でも、そっちは本当に大した話じゃないよ」

「？　そうなのか？」

「うん。……ママの件は、ボクなりの反抗だから」

「反抗、ってのは……」

「そら君も知ってるでしょ？　うちのママって、自分にすごく自信がある人なの」

　優愛の声が、微かに震え出した。

「ボクが小さい頃から、ママはよく言ってた。『自分の娘の容姿が悪いと、自分の価値も下がってしまう』……って。酷《ひど》い価値観だよ、本当」

　いじめについて話していた時と同じか、それ以上――実の母親に対して心から怯《おび》えているのが、彼女の様子から見て取れる。

「ママにとってのボクは、アクセサリーみたいなものでさ。ボクの外見は自分の価値を証明するもので、必要なくなれば傍《そば》に置く事もしなくなる……」

　小学生時代から優愛の着ている服は、子供の目から見ても高価な物が多かった。

　綺麗《きれい》に整えられた髪、手入れされた肌、その全ては彼女の母親が繕ったもの――優愛は決して、それを望んではいなかった。

　服が汚れるような遊びや怪我《けが》の恐れがある遊びは許してもらえず、日に焼けない場所で女の子らしく遊ぶ事を、彼女は求められていた。

隠れて俺とサッカーやおいかけっこをした事もあったが、バレてしまった翌日は目の下が酷く腫れたまま登校してきて、クラスメイトに心配されていた記憶がある。

「必要なくなればなんて、そんな悲しい事を言うなよ」

「……本当の事だから」

優愛は間を空けて、俺の言葉を一蹴した。

「あの人、仕事先に通っている客の中に好きな男がいるみたい。ボクがいるとその相手との関係が上手《うま》くいかないから、『娘は心配だけど仕事が忙しくて面倒が見れない』なんてそれっぽい理由を付けて、ボクをおばあちゃんに押し付けたの」

それを聞いて、俺は何も言えなくなってしまう。

母親の事情に振り回される彼女があまりに不憫《ふびん》で、にもかかわらず特に何もしてあげる事のできない自身の無力さが、俺の心を強く圧迫してきた。

「親から女の子らしい可愛さを強要されて、中学校ではいじめを受けて……二つのタイミングが重なった時、限界が来ちゃった」

「その二つが、優愛が男装を始めた理由……」

「うん。……告白をされなければ、いじめを受ける事はなかったでしょ？　だからママへの反抗心と男除《よ》けのために、男子の格好をするようになったの」

ただ優愛は「まぁ、男装も意外と楽しいけどね」とうっすら笑みを浮かべながら、再び立ち上がって自転車のハンドルを掴《つか》んだ。

「おばあちゃんの家に戻ってきて、ママの問題はひとまずどうにかなった。でも……いじめを受けた過去は、トラウマとして残ってるんだよね」

ベンチに座りながら聞く彼女の声は、ひどく弱々しかった。

当然だ。いじめによりできた傷が、たった数年で癒えるわけもない。

「ボクにとって男装は、自分を守るための鎧《よろい》……だから以前に比べると、トラウマもだいぶマシにはなってる……けど、今もたまに……学校が、人と関わるのが怖くなる」

——だからさ、と。

優愛は振り返って、俺に視線を向けた。

自販機の灯《あか》りが彼女を照らし、その表情があらわとなる。

「そら君、お願い……」

優愛は落ち着いた声で、救いを求めた。

「夜道だけじゃなくて、学校でもボクを守ってよ……あの頃みたいに」

数秒硬直して、俺は大きく目を開く。

後ろで結ばれた優愛の髪が風に揺れ、キラキラと光った。

小学校低学年の頃、彼女はクラスに馴染めずに孤立していた。

今の様子からでは考えられないが当時の優愛はかなり内気な性格で、クラスメイトはおろか担任の先生にも話しかける事ができないほど人付き合いが苦手だった。

加えて少々泣き虫な一面もあり、いじめとまではいかないものの同級生の女子にからかわれて、一人泣いている事がしょっちゅうあったのだ。

そんな優愛に子供ながら同情し、俺は彼女と友達になった。結果、俺と一緒に過ごし始めた優愛は、次第に同級生にからかわれる事もなくなっていったのである。

きっとその件が、彼女の中では「守ってもらえた」という認識になっていたのだろう。

とはいえ今と昔では、俺の「学校での立ち位置」も大きく異なる。

高校内のカーストで考えると、現在の優愛は俺よりずっと上の階層にいるのだ。

すでにファンクラブまでできているような彼女を友達すらほとんどいない俺が守るだなんて、誰が聞いてもおかしな話である。

しかし——優愛の過去を唯一、俺だけが知っている。

今更こんな俺が彼女を守るだなんてできっこない。……それでも、「守らなくてはいけない」という使命感に駆り立てられた。

俺はベンチから立ち上がると、拳を握って自身の胸をとんっと叩《たた》く。

「……おう、任せろ！」

優愛を安心させるように――さながら自信に満ち溢《あふ》れていた小学生の頃を取り戻そうとするかのように、俺は彼女に笑顔を向ける。

「やっぱり……そら君もずっと、変わらないんだね……っ」

いいや、俺が変わってしまった事に違いはない。

だが、彼女と過ごしているこの瞬間だけは――あの頃のままでいたかった。

優愛の笑顔に照らされると……どうしても、そう思えてしまうのだ。

幸福は怪我をした後で。

「そら君、おはよっ！」

じめじめとした暑さに嫌気が差してくる、六月の朝。

インターホンに呼び出されて玄関の扉を開けると、外には見慣れた顔があった。

「ああ……おはよう、優愛《ゆうあ》」

襟足のみ赤く色付いた黒主体のウルフカットに、男子生徒用のブレザー。いつも通りの格好をして現れた幼馴染《おさななじみ》――湯城《ゆしろ》優愛に、俺は呆《あき》れつつも挨拶を返す。

「まだ準備できてなかった？　髪、すっごいボサボサだよ」

「髪は整えられてないけど飯と着替えは済んでるし、これでも前より早く準備してる方なんだ。どうせ、今日も来ると思ってたから」

優愛を都築《つづき》家に招待してから約一週間――あの日を境に、彼女は学校に向かう前に毎日うちのインターホンを鳴らすようになっていた。

「本当、毎朝毎朝よく早起きできるな……」

「おばあちゃんが朝早くに起きるから、物音で目が覚めちゃうんだって」

「だからって、わざわざ迎えに来なくていいんだぞ？　先に行ってくれてて」

「遅刻したら大変でしょ？　そら君は朝弱いんだからっ！」

「弱いのは確かだけど、小学生じゃないんだぞ……？」

小学校までの班登校で、俺は遅刻の常習犯だった。

遅刻の理由は毎度決まって寝坊なのだが、同じ班だった優愛はそんな俺を起こしに我が家へと訪れ、集合場所まで毎朝付き添ってくれていたのだ。

とはいえそれは何年も前の話で、未だ朝には弱いもののこの歳《とし》にもなれば遅刻する事もほぼほぼなくなり、何とかまともに生活できている。

「通ってる高校が同じで家も近いんだし、一緒に行った方が楽しくないっ？」

「けど、一緒に登校すると目立つのがな……」

「目立つのはいい事だよ！　だって、ボクを学校でも守ってくれるんだからさ？」

過去のいじめのトラウマで、人と関わるのが今でも怖い——都築家で食事を終えた後の帰り道、そんな優愛を学校でも守ると俺は約束を交わした。

しかし、まさか朝から二人で過ごすようになるなんて、あの日の俺は思ってもみなかった。しかもそれだけに留《とど》まらず、今では下校まで共にしている。

学校の最寄駅に着けば彼女の取り巻きである「ゆうズ」の冷たい視線が集まり、悪い事などしていないのにあちこちから舌打ちを受ける日々。

今の俺はそういう過激なファンから優愛の身を守るボディガードに近い役割となっているわけだが、守るどころか俺に危害を加えようとする輩《やから》が現れてきそうである。

「一旦、中に入って待っててくれ。こんな場所で立ち話してたら、間に合うものも間に合わなくなるし」

「そうだね。髪のセットはボクがしてあげよっか？」

「調子に乗ってると思われたら刺されそうだから、またの機会に頼む」

「刺されるって？」

「……こっちの事情だ」

優愛を玄関へと招き、俺は洗面所へと一人足を急がせた。

☆

電車に揺られて高校の最寄駅で降りた俺達は、横並びで通学路を歩いていく。

優愛といるせいか周囲の生徒には距離を取られ、代わりに「ゆう様と一緒にいるあいつは誰だ？」と何人もの女子の後ろ指が背中へと突き刺さっていた。

「もう何日も経験してるのに、慣れないな……」

それらの視線は校門を通過した後にも続き、メンタルがじりじりとすり減らされる。

ふと反応が気になって視界の隅に優愛を映すが、これほどにも他人から注目されているというのに、彼女は平然とした態度でやり過ごしていた。

きっと多くの人の目に晒《さら》された末、慣れてしまったのだろう。イケメンすぎるのも考えものだと思うと同時に、やっぱり羨ましくも感じてしまう。

「浮かない顔してどうかした？　……空斗《そらと》」

呼び方を「そら君」から変え、優愛は俺の表情を覗《のぞ》いてくる。

「いきなり顔を寄せるなよ。自信なくすから」

「どういう原理で？」

男装姿の自分がどれほどイケメンか、理解していないのか？

他人の目を惹《ひ》き付けている自覚はあるようだが、どうやらその要因は自分の顔立ちあってのものではなく「男装している物珍しさ」からだと思い込んでいるらしい。

無自覚なイケメンほど妬ましいものはないな……。

「ルックスの良い奴《やつ》と一緒にいると他人に容姿を比較されてるような気がして、ちょっと落ち込むもんなんだ。大抵の男は」

「外見の好みは人それぞれだし、気にする必要ないと思うけど」

「それは万人受けする見た目だからこそ言えるセリフだ」

「ボク、別に万人受けする見た目じゃなくない？　ウルフカットに襟足だけ赤に染めてるのって、どちらかと言えばサブカル寄りだし」

優愛は襟足の毛先をくるりと指に絡め、悪気なく俺の心に虚《むな》しさを与えた。

「万人より好かれたい人からの一人受けの方が、ずっと価値あるよ。それにどんな人でも、自分の外見を好んでくれる人は少なからずいるものだって」

そう言うと突然、優愛は俺の腕を摑んで自身にグイッと引き寄せた。前に進んでいた俺はバランスを崩して、彼女の方に体を傾かせてしまう。

「ちなみに、ボクは空斗の顔や体も……すごく好みだよ？」

「……っっ！」

低音ながらも甘い声を耳元で囁《ささや》かれ、急激に顔全体が熱を帯びる。

優愛の肩を押し戻すと、彼女はいたずらっぽい笑みを浮かべていた。

不意打ちでイケメンな事をしないでくれ。本当、心臓に悪いから。

「そんな慌てて離れなくてもいいのに。傷付いちゃうな」

「嫌だから離れたわけじゃねぇよ。……あと、どちらにせよここで解散だ」

話しているとあっという間に、俺達は昇降口の前まで辿《たど》り着いていた。

「じゃあな、優愛。とは言っても、どうせ昼休みにはまた四組まで来るんだろ？」

彼女に背中を向け、自身の下駄箱《げたばこ》へと歩きながら彼女に問う。

「そのつもり。ただ、今日はその前にも会えるけどね」

「まさか、普通の休み時間にも来るつもりか……？　十分の休憩時間くらい、自分の教室で過ごせよな」

「違う違う。今日の体育、ボク達のクラスは合同で体力テストでしょ？」

「あっ。そっか、そういえば……」

優愛の一言で、体育の担当教師が前回の授業終わりに「次回は四、五、六組の男女合同で体力テストを行う」と事前に話していたのを思い出す。

高校で同じ授業を受けるのは初めてだが、科目が体育となれば彼女のもとに女子からの黄色い歓声が集まっている場面が容易に想像できてしまう。

「お互い頑張ろうね。空斗の格好良《かっこい》いとこ見られるの、期待してるから」

靴を上履きに履き替えると、優愛は手を振りながら階段へと歩いていく。俺は控えめに手を振り返して、彼女の背中を見送った。

「最後、やたらプレッシャーをかけられた気がするな……」

普段の体育は男女別の事が多いが、体力テストの場合はクラスだけでなく男女合同でまとめて授業が進行される。

男子だけならともかく、優愛もいるとなればみっともない姿は見せられない。――それに加え、俺にはクラス内でどうしても意識してしまう相手が一人いるのだ。

……今回の体力テスト、本気で取り組むほかなさそうである。

☆

「女子の五十メートル走が終わったら、次は男子の番か……」

運動場のトラックの内側にできた待機列に座り、俺は憂鬱な顔で順番を待つ。

二限、体育の時間内で行われる体力テスト——数ある授業の中で体育は比較的好きな教科に入るが、こればかりはどうしても好きになれない。

各種目の結果が数値と順位で表される体力テストでは、運動の得意不得意が目に見える形で証明されてしまう。

小中とサッカーをしていたおかげで極端にできない種目があるわけではないが、測定待ちの間はずっと妙な緊張感に苛《さいな》まれるため、昔から苦手意識を持っていた。

それに——今年の体力テストは去年と形式に変わりはないものの、俺個人の心持ちとしてはこれまでと大きく異なっている。

「うおお！　咲歩《さほ》ちゃん、すげえ速い！」

「やっぱあの子、可愛《かわい》いだけじゃなくて何でもできるなぁー」

南方《みなかた》咲歩——クラスのアイドルであり、俺にとって憧れの存在。

彼女がこの場にいる事こそ、俺の心がいつまで経《た》っても一向に落ち着きを取り戻してくれない一番の要因である。

女子トイレ前での一件以来、南方とは一度も喋《しゃべ》る事ができていなかった。

少し前まで彼女は一人でいる俺に自ら話しかけてくれる事がたまにあったが、元々の繋《つな》がりはその程度だし、話さなくなったところで学校生活に支障はない。

目が合っても特に何か起きるわけでもなく、一悶着《ひともんちゃく》あった気まずさもあってか南方はすぐに俺から視線を逸《そ》らしてしまう。正直、これがなかなかに辛《つら》い。

以前にかけられた不審者疑惑は解消されたものの、憧れの人から露骨に距離を取られてしまう心のダメージは相当大きかった。

とはいえ一度抱いた憧れは、そう簡単にはなかった事にできない。

現状すでに良くない印象を抱かれている可能性が高いのに、体力テストでまで悪目立ちをして、今以上にマイナスな印象を持たれるわけにはいかなかった。

「やっぱりデカいな……」

が、聞かれたら一発アウトになるどころか同じ空気を吸う事さえ許されなくなってしまいかねない発言を、俺はつい呟《つぶや》いてしまう。

五十メートルのトラックを駆けていく南方——そんな彼女の波打つように揺れる体操着越しの胸を、俺の目は自然と追いかけてしまっていた。

……ダメだ。これ以上は走る事はおろか立てなくなる。

しばらく俺は目を瞑《つぶ》って、脳に焼き付けた揺れを忘れようと気持ちを整えた。

その間、女子の五十メートル走は順調に番が進んでいった。四組、五組の女子は測定を終えて、六組の進行も終盤に差しかかる。

「次！　これで女子は最後か……目黒《めぐろ》、山崎《やまざき》、湯城、スタンバイしろ！」

女子最後の組に、体育教師から声がかかった。

「湯城……優愛の番か」

その苗字《みようじ》を聞いて、俺はようやく目を開く。

瞬間、女子生徒達からの黄色い歓声がスタートラインに降り注がれた。辺りがキャーキャーと甲高い声に呑《の》み込まれ、俺は思わず耳を塞ぐ。

学校の王子様は観客席と化したトラック横の待機列に控えめに手を振って、少し気恥ずかしそうに微笑《ほほえ》んだ。

「物凄《ものすご》いスターっぷりだな、あいつ……」

改めて見ても、彼女は相変わらず異質のオーラを放っていた。

胸部分に名字の刺繍《ししゆう》が入った白の半袖と、青紫色の短パン——普段の制服とは違い、体操着は男女ともに同じデザインとなっている。

この場にいる生徒全員が同じ服装をしているからこそ、優愛の王子様じみた見た目の華やかさがより際立っているように思えた。

女子生徒達からの熱い視線と男子生徒達の羨望の眼差《まなざ》しに見守られながら、彼女はスタートラインに手をついて、左足を後ろに引く。

そして笛の合図で、走者の三人は一斉にトラックを走り出した。

背筋の伸びた綺麗《きれい》なフォームと、風で後ろになびく毛先の赤い黒髪。

南方と比べたら「揺れ」は少ないが、それでも優愛の颯爽《さっそう》とした美しい走りに目が釘付《くぎづ》けとなってしまう。

気が付いた時には五十メートルを完走し、彼女は待機列へと戻ってきた。

辺りの人達は「さすがはゆう様！」「一位カッコいーっ！」なんて声を大にし、大袈裟《おおげさ》なくらいに優愛を褒め称《たた》えている。

「で、何で隣に座るんだ？」

そんな歓声に包まれながら、彼女は躊躇《ため》らいなく俺の隣に腰を下ろした。

歓声は一瞬にして騒《ざわ》めきに変わり、俺は四方八方から冷たい視線を浴びせられる。

しかし、優愛が鼻の前で人差し指を立てながら「しっ」と溢《こぼ》すと、周囲の声は嘘《うそ》のように止まってしまった。恐るべき王子様パワーである。

「結果報告に来ただけだよ。ダメだった？」

「授業中まで変に目立ちたくないから、できれば後にしてほしいな」

「じゃあ目立たないように、耳打ちで話そっか」

「さらに目立たせてどうする？」

ていうか、もう手遅れだ。

「肝心の結果はどうだったんだ？　さっきの組では大差つけての一着だったし、相当速かったのは分かってるけど」

「七秒一二だってさ。今のとこ、女子の中だと学年一位らしいよ」

「想像を超えてきたな……」

それって男子の平均タイムよりも速くないか？　正直、全力で走っても優愛の記録を超えられる気がしない。

この外見で運動神経まで良いとか、男泣かせもいいところである。

「……昔は俺より遅かったのに」

「中学のバレー部で毎日ランニングしてた成果かな？　でも、今回はたまたまだよ」

「足の速さにたまたまとかないだろ」

「まっ、速く走るコツならあるけどね。条件さえ揃《そろ》えば格段に速くなるよ」

「だったらそれを教えてくれよ。すぐに実践できる方法か？」

「すぐにできるけど、ボクにしか効果ないかも」

「何だそりゃ？」

優愛にしか効果がないコツって、自己暗示でもしてるのか？　思い込みの力は意外と馬鹿にならないと聞くし。

「――男子集合！　学籍番号順に並んで、準備を始めろ！」

その時、校庭にいる全男子生徒に向けて体育教師が声を張り上げた。

「じゃ……俺の番まですぐだから、また後でな」

「ちょっと待って。一応、ボクなりの速く走れるコツを教えてあげるよ」

「……どういうコツだ？」

「ふふっ、それはねぇ……」

「勿体《もったい》ぶらずにさっさと言えよ」

立ち上がった俺を追いかけるように腰を上げ、優愛は俺の耳元に唇を近付けた。

「……そら君が見てくれてるって、ずっと意識してたからだよ」

「なっ……」

そう耳打ちすると彼女は俺から距離を取り、クスリと笑う。

「あまり茶化《ちゃか》すなよ。人が近くにいるのに……」

「そんなつもりないよ？　どんな反応するかなって、言ってみただけ」

「それを茶化してるって言うんだ！」

「ごめんごめん。じゃあ、からかっちゃったお詫《わ》びでもあげようかな？」

「いや、お詫びしてもらうほどの事ではないけど……」

「なら、五十メートル走のタイムでボクに勝ったら、ご褒美をあげるよ」

「ご、ご褒美？」

「うん。ボクに勝てたら……そうだね、空斗のお願いを何でも一つ叶《かな》えてあげる」

優愛は俺の腰にぽんっと手を当て、横から顔を覗《のぞ》く。

「お前にメリットないだろ、それ」

「格好良い空斗の姿が見れるなら、それがボクのメリットだよ？」

「爽やかな顔で恥ずかしい事を言うな」

できれば女子の服装でいる時に言ってほしかったよ、そのセリフは。

俺は彼女の体操着姿を上から下まで視界に映し、少し考える。

「……勝ったら、何でも言う事を聞いてくれるんだな？」

「勿論《もちろん》。まぁ、負けるとは思ってないけどね？」

「何だと⁉」

相手が女子と分かっていても、イケメン顔の奴《やつ》に言われるとムカつくものである。

「ほら、そんな事よりもう順番だよ。……空斗の格好良いとこ、見てるからね」

冗談っぽく笑う優愛に、俺は「馬鹿にしやがって」と背を向けた。

自分の走る順番が回ってくると、俺は優愛との会話に聞き耳を立てていたギャラリーを掻《か》き分けて、スタートラインに立った。

地面に両手と右膝をつき、今か今かと笛が鳴る瞬間に意識を注ぐ。

体育教師の「位置について」で腰を上げ、「よーい」で五十メートル先のゴールを睨《にら》み付ける。直後――笛の音と共に、俺を含めた三人が同時にトラックを駆け出した。

「はっ、はっ、は……っ」

あれ？　なんか、結構良いペースじゃないか？

斜め前は勿論、横目で見ても両隣にいたはずの走者は視界に映らない。

一緒に走っている二人は確か運動部所属で、昨年の体力テストの結果もそこまで悪くなかったはずだ。これはもしかすると、優愛の好記録にも勝てるかもしれない。

心に余裕ができた俺は首を横に捻《ひね》り、待機列の優愛に誇らしげに視線を送る。

どうだ、見ているか⁉　俺はまだ負けてないぞ――と。

すると彼女は俺の視線に気が付き、ひらひらと手を振って返答した。

「あ……」

――そら君が見てくれてるって、ずっと意識してたからだよ。

――格好良い空斗の姿が見れるなら、それがボクのメリットだよ？

――空斗の格好良いとこ、見てるからね。

走る前の優愛との会話の断片が、俺の頭の中に蘇《よみがえ》る。

ムキになって走り始めたせいで気にも留めていなかったというのに……優愛に見られている事を意識してしまった途端、緊張が全身を駆け巡った。

格好悪いところを見せたくないと強く思えば思うほど、集中は削《そ》がれていく。

「え、ちょっと待……うわあ！」

そうして俺は――優愛どころか居合わせた三クラスの生徒ほぼ全員に、盛大にも格好悪い姿を晒《さら》してしまう結果となった。

自身の両足をもつれさせ、地べたに激しく転倒したのだ。

すぐさま起き上がろうとしたものの両隣で走者に追い抜かれ、勝ち目のなくなった俺は空を見上げて意気消沈してしまう。

「おい、都築！　大丈夫か⁉」

他二人が完走し終えた頃、体育教師が俺のもとに小走りで寄ってきた。

「右膝の出血が酷《ひど》いな。立てるか？」

「はい、何とか……痛っ」

「仕方ない、保健室に行くぞ。肩を貸すから、ひとまず手を――」

「待ってください、先生」

体育教師が手を差し伸べたと同時、彼の言葉が遮られる。

「ゆ、優愛……？」

目の前には、待機列にいたはずの優愛の姿があった。

状況の整理もろくにつかないまま、目を丸くして彼女をじっと見つめる。

「どうかしたのか、湯城」

「都築君の事、ボクが保健室に連れていきます」

「いや、しかしそれは……」

「女子はもう測定を終えているし、先生が行けば授業も止まってしまうので」

「なら、走り終えた男子に頼んだ方がいいだろ。湯城は気にせず待機列に戻って……おい待て！　湯城、何を勝手にっ！」

「おいおいおい！　待て、本当に待ってくれ！」

体育教師の戸惑いの声に続いて、俺も声を荒らげる。さらには待機列の方からも、キャーキャーと耳障りな高音が響いてきた。

「先生、大丈夫です。都築君はボクが責任持って、介抱するので」

優愛は教師の言葉に聞く耳も持たず、強行突破を試みる。――トラック上で縮こまる俺を、いきなりお姫様抱っこする事によって。

その行動に教師は呆《あき》れ、「もうお前に任せた」と渋々彼女の提案を承諾した。

「離せ！　歩けるから下ろせって！」

「痛みで立ち上がれてなかったでしょ？　気にせず今くらいは、ボクに甘えてよ」

「周りの視線が気になるんだよ！」

とはいえ下手《へた》に体を暴れさせても、落ちてまた怪我《けが》を増やすだけである。

都築
湯城

女子生徒からの嫉妬を独占しながら、俺は優愛に抱かれ保健室へと運ばれた。

高校二年生にもなってお姫様抱っことか、恥ずかしい事この上ない。

☆

「先生、不在みたいだね」

保健室に到着したはいいものの、その扉には「お出かけ中」という看板が掛けられていた。職員室を覗《のぞ》いても養護教諭の姿は見当たらず、探すあてもない。

しかし、保健室に一度戻って何となく扉を横にスライドしてみると、無用心にも鍵が掛かっていない事に気が付いた。

「扉は開いてるし、先に応急処置しちゃおっか？」

「うちの学校は原則、保健室に勝手に入って物品を漁《あさ》るのは禁止だぞ」

「あー、あー、聞こえなーいっ！　ボクは転校してきたばっかりでまだルールを覚えてないから、なーんにも知らないんだぁー」

「……いい根性してるよな、意外と」

「昔のそら君も、割とこんな感じの性格だったけどね」

優愛は中に入ってまっすぐ進み、ベッドを椅子代わりにして俺を下ろす。そして洗面台で手に水を注ぐと、俺の膝の砂汚れを軽く落とした。

「痛……っ」

「やっぱり痩せ我慢してたんだね。えっと、消毒液と絆創膏《ばんそうこう》は……っと」

壁際に設置されている物品棚の前に立ち、彼女は躊躇《ためら》いなく中を漁り出す。これが人助けでなければ、やっている事は不良生徒と大差ない。

優愛は消毒液と絆創膏を見つけるとそれらを手に取り、俺のもとに戻ってベッド周りのカーテンを閉めた。

「閉める必要あるか？」

「勝手に保健室を利用してるわけだからね。他の生徒にバレたら面倒だしっ」

彼女は俺の足元にしゃがむと、怪我した膝に視線を向ける。

校則違反をしている真《ま》っ只中《ただなか》だというのに、カーテンの仕切り内でこいつと二人きりになっている今の状況は、色んな意味でドキドキとした。

「改めて見ると、結構広く擦り剝《む》いてるね」

膝をツンツンと優しく人差し指でつついて「痛そう……」と呟《つぶや》き、消毒液のキャップを開いて俺の膝に液を垂らす。

「……っ」

「沁《し》みちゃった？」

「ああ……。ちょっとは加減しろよ？」

「そんな沁みて痛いなら、痛くないって思い込んでみるといいよ」

「痛いものは痛いままだろ」

「案外、プラシーボ効果は有効的だったりするよ。試しにやってあげよっか？　痛みが取れるおまじない」

「やってあげる……？」

そう言うと、優愛は俺の右膝を優しく撫《な》で始め、

「いたいのいたいのぉー、とんでいけーっ！　……なーんてねっ」

「うっ！」

彼女の仕草に目が見開き、俺は思わず口を押さえた。

「えへへ。……さすがに、らしくなかったかな？」

「あ、ああ……らしくないよ。お前も……俺も」

照れ笑う優愛の顔が直視できず、心臓が激しく打ち付けられる。

このイケメンっぷり、俺は男でもイケるのかもしれないと一瞬錯覚してしまう。

反則級の破壊力だ。こっちまでつられて照れてしまった。

「にしてもさ？　走ってる最中に手を振ってすぐ、まさかあんな盛大に転《こ》けるとは思わなかったよ。途中まで良い感じだったのに」

「言うなって。俺が一番思ってるんだから」

「もしかしてボクに見られてるのを意識して、緊張しちゃった？」

優愛は少しからかうように、俺の表情を窺《うかが》った。図星をつかれた俺は彼女から目を逸《そ》らし、「ほっとけ」と小さく拗《す》ねる。

「おやおや、その反応は予想的中みたいだね？　……でも、ボクの行動のせいでそら君が怪我までしちゃったってなると、なんだか責任を感じちゃうな」

「優愛が責任を感じる必要はないだろ。俺の不注意だし」

「感じるよ。ボクが走る前の様子を見て……つい、意地悪しちゃったんだし」

走る前？　俺、何かしたっけ？

「まぁ結果こうなっちゃったわけだから、お詫びも兼ねた頑張ったで賞として、そら君にはご褒美を贈呈しようかなっ？」

しかし、疑問を口に出す間もなく優愛はそう続ける。

「いや、いらねぇよ。小学生じゃあるまいし」

「えー、そう？　ご褒美って何歳になっても嬉《うれ》しいものじゃない？」

仮にも俺が「ゆうズ」の一員だったら、彼女からの提案は飛び跳ねるほど嬉しいものだったに違いない。

「……というかこの状況自体、他の奴らからしたら『ご褒美』と言えそうだな」

「怪我したのがご褒美って……ドマゾ？」

「ちげぇよ！」

変な勘違いをされてしまった。

「折角《せっかく》だし、願いは言うだけ言ってみてよっ。走る前、ボクに『何でも言う事を聞いてくれるんだな？』って、わざわざ念押ししてくるくらい息巻いてたんだしさ？」

「それはつい頭に血が上ったというか、願いを叶《かな》えてもらいたいというよりも勝ちたい気持ちの表れというか……」

優愛の言葉につらつらと返答をするものの、徐々に言い訳がましくなっている事を自覚してしまい、情けなさから頭を掻《か》いた。

俺はようやく観念し、考えていた願いを口にする。

「……『優愛が女子の制服を着てるとこが見てみたい』って、頼もうとしてた」

彼女は意外そうな顔をして、「それだけ？」と聞き返す。

目線を逸らし、俺は首を縦に一度だけ振った。

「そっか……」

しっとりした声と共に、優愛が頷《うなず》く。

「そら君のお願いなら……考えておくね」

視界の隅に映った彼女の表情は、ほんの少し柔らかかった。

☆

応急処置を受けた後、俺達は保健室で少し休んでから授業へと戻った。

俺は怪我のため以降は見学となり、校庭の隅からぼんやりと同級生の測定を眺めるだけの退屈な時間を過ごす事を余儀なくされる。

授業終了のチャイムが鳴ると体育教師に呼び出され、体力テストの今回やれなかった項目は次回の授業で実施すると説明を受けた。

元々、体力テストは数回に分けて実施されるため、どうやら一人で測定するような事態にはならずに済みそうだ。……まぁ、それはそうと。

「すっかり置いてけぼりだな……」

運動場から教室へと戻ろうとした際、改めて俺は自身のクラスでの立ち位置をひしひしと思い知らされてしまった。

あれほど盛大に怪我をしたにもかかわらず、授業後に教師と話す俺を誰かが待ってくれているなんて展開はおろか、「大丈夫？」の一言さえもかけてもらえていない。

唯一、優愛だけは俺を待とうとしてくれていたが、教師に呼び出されたタイミングで彼女には「話が長引くかもだから」と、先に教室に戻らせている。

あまりの人望のなさに虚《むな》しさを抱きながら、一人悲しく本校舎へと歩いていった。

「……へ？」

が——本校舎の入り口を通るなり、俺はつい間抜けな声を漏らしてしまう。

手の甲で目元をゴシゴシと擦《こす》り、疲れからヤバい幻覚を見ているのではないかと視界に映ったある人物の存在そのものに疑いをかける。

「都築君、先生との話はもう終わったの？」

しかし、目の前の彼女は間違いなく「本物」だった。

「何でまだここに、南方さんが……？」

昇降口に入ってすぐの下駄箱《げたばこ》前——未《いま》だ体操着を着たままの南方咲歩が、なぜだかそこに立っていた。

「何でって、都築君を待ってたの」

「お、俺を……？　いつも一緒にいる、他のクラスメイトは？」

「先戻ってもらったから、アタシだけだよ」

この状況が夢としか思えず、俺は固まってしまう。

正直、信じられない。

南方が俺を待つ理由なんて見当もつかないし、知らず知らずのうちに彼女に対して悪い事でもしてしまったのではないかと、思考はマイナス方向に巡り出す。

もしかして、立ち幅とびや反復横とびをしている最中、彼女の揺れる胸をちょっと長めにチラ見していた事がバレてしまったか……？

「――すみませんでした」

「え、えっ？　どうして謝るの……⁉」

即座に頭を下げた俺に、南方は慌てた様子で手を横に振った。

「俺の悪行に気付いて、職員室に突き出そうとしてたんじゃないのか……？」

「何か悪い事したの？　都築君」

「いや、潔白だ。潔白の証明に、謝罪しただけです」

「いきなり謝罪されたら、むしろ怪しいよ」

そう言うと南方は口を手で押さえ、「ははは」と明るく笑った。

初めて目にした俺に向けての笑顔に、心臓がどくんと大きく音を鳴らす。

「都築君って、実は面白い人なんだね。何度か話した事あるのに、全然知らなかった」

「そ、そう……かな？」

様子からして、無意識に俺が何かをやらかしてしまったわけではなさそうだ。

「それで、俺に何か用件でもあるのか？」

「五十メートル走の時、派手に転んでたからさ。……怪我《けが》、大丈夫かなって」

「う……っ」

あの痴態について南方から話題に出されると、顔を覆いたくなる。……とはいえ、まさか彼女に怪我を心配してもらえるとは思わなかった。

　恥ずかしさと嬉しさで、情緒が複雑に掻き乱される。

「……わぁ。血、絆創膏にすごい浮き出てる」

　南方はしゃがんで絆創膏の貼られた俺の右膝に目線を合わせると、眉をひそめてボソリと呟いた。

「べっ別に、大した怪我じゃないから……っ！　膝を擦り剝くなんて、高校に入る前までしょっちゅうの事だったし！」

「何かスポーツでもやってたの？」

「さ、サッカー……小中の頃にやってて」

「だから途中まで、三人の中で一番速かったんだ！　一緒に走ってた相手、バスケ部と野球部だったのに……すごいじゃん、都築君！」

　妙に興奮しながら、南方は跳ねるようにはしゃぎ出す。

「俺が走ってるの、そんなによく見てくれてたのか……？」

「うん、勿論《もちろん》。じゃなきゃここまで覚えてないよ」

「そ、そっか」

　足の速さで称賛されるのなど小学校低学年までと思っていたが、案外高校生になってからも通用するのかもしれない。

転んだ瞬間を見られてしまったのは恥ずかしいものの、今となってはどうでもいい。南方が見てくれていた……その事実だけが、俺の気持ちを昂《たかぶ》らせる。

「……そうだ。都築君って、ゆう……湯城さんと仲良いんだね」

「湯城？　優愛と俺がか？」

「そう。保健室にも連れてってもらってたし」

優愛の話を突然振られ、戸惑いにより反応が遅れてしまう。

「まぁ、仲は良いのかな？　この前も俺の家に飯食いに来てたくらいだし」

「！　あぁ、確か二人は幼《おさな》馴染《なじみ》だもんね」

「そうなんだよ。……あれ、南方さんにそこまで話してたっけ？」

「直接は聞いてないけど、噂《うわさ》でね」

今や優愛は学校内に複数のファンがいるほどの人気者だし、そういった人間関係の話題が出回るのも致し方ない、か……。できる事なら関係者として俺の名前が挙がるのは避けたいが、彼女と過ごす時間が増えた現状だとそれも難しいのだろう。

「都築君……実はアタシ、ずっと謝りたかったの」

「え、俺に？」

「うん、そう。……本当に、ごめんなさい！」

南方は深々と頭を下げ、はっきりと謝罪を口にした。

「ちょっと、どうしたんだよ南方さん⁉」

「湯城さんが転校してきた日、アタシの勘違いで女子トイレの前にいた都築君を不審者扱いして、謝れないまま今日まで過ごしちゃって……」

今にも泣き出しそうな声で、詰まり詰まりに語り出す。

そんな彼女を前に俺はどうしたらいいか分からず、辺りをキョロキョロと見渡しながら慌てふためいた。

「と、とりあえず……顔を上げて」

諭すように促すと、南方は指で目元を擦ってからゆっくりと顔を上げる。鼻と目元がほのかに赤く染まり、うっすらと涙が浮かんでいた。

謝罪を受けていなかった事など気にもしていなかったし、何なら忘れていたくらいだったが……彼女にとっては、大きな心のつっかえになっていたのだろう。

「俺は何とも思ってないから、気にしないでくれ。南方さんが思い悩む事ないからさ」

「けど……アタシ、このままじゃ気が収まらないよ」

「っ⁉」

ぴとっと、彼女の指先が俺の腕に触れた。たった一瞬の事ではあるが、憧れの人との接触に俺は過剰にも反応してしまう。

「あ……ごめんなさい、ついっ！　体育終わりでちょっと汗ばんでるのに……っ」

俺の反応を目にすると、彼女は数歩下がって距離を取る。

「い、いやっ、別に嫌じゃなかったから！　……違うな。嫌じゃないっていうのも変態っぽいし……本当気にしてなくて、何だったら俺の方が汗かいてるだろうからっ！」

憧れの人との慣れない会話でテンションがハイになり、言い訳でもしているかのように口から言葉が出てきてしまう。

そんな情けない俺の姿に、南方は再び笑みを溢《こぼ》した。

「……なんか、安心した」

彼女は両手の指先を絡ませ、ちょっと恥ずかしげに口にする。

「これまであまり関わってこなかったけど……アタシ、都築君ともっとたくさんお喋《しゃべ》りしてみたい……かも」

間近で見る南方の目新しい表情の連続に、俺の高揚感は高まり続けた。

「よかったらさ……お互い空いてる休日、一緒に出かけない？」

「一緒にって、南方さんと二人で……？」

「そう。勘違いして嫌な思いをさせちゃったお詫《わ》びに、何か美味《おい》しい物でもご馳走《ちそう》できたらって思ったんだけど……やだ？」

南方は上目遣いで、心配そうに首を傾ける。

これって所謂《いわゆる》「休日デート」のお誘いだよな⁉　まさか俺の人生に、こんな一大イベントが到来するとは……。

「嫌じゃない……是非、一緒に行きたい！」

「ほんと？」

回答を聞くと南方はぱっと表情を明るくし、両の掌《てのひら》を合わせて可愛《かわい》らしく跳ねた。

「嬉《うれ》しい……っ！　断られたらどうしようって、ドキドキしてたから……」

これだけのアイドル性を持っていながら控えめな自信……話せば話すほどに、彼女の魅力をさらに思い知らされる。

「それじゃあ……これ、渡しておくね。アタシのラインＩＤだから、後で追加して。本当は教室で渡せればよかったけど、人前だと恥ずかしかったから……」

「お、おう。更衣室で着替えたら、すぐ追加する」

連絡先……俺がずっと欲しかった、南方といつでも繋《つな》がれる魔法の文字列。

彼女が差し出してきたメモを受け取り、書かれたＩＤをじっと見つめる。

手に持ったメモからは、彼女の温かみが直《じか》に伝わってきているように感じられた。

そんな中——授業開始のチャイムが校内に鳴り響き、俺の夢見心地は覚まされる。

「つい夢中になって、話し込んじゃった」

「ほ、本当だな……」

「お互いまだ体操着のままなのにね」

南方

南方は頭を指先で掻《か》きながら、困ったように笑う。

「連絡先も渡せたし、あとはラインで話そっ」

「ああ、そうだな。早く着替えて授業行かないとだしな」

「うん……ごめんね、こんな所で長々と」

彼女は俺に手を振り、小走りで女子更衣室の方へと向かっていった。

昇降口に残された俺は、再び南方に手渡されたメモに視線を落とす。

「……よし、よーし……よぉおしっ！」

中腰でガッツポーズを決め、声量を抑えつつも声を張る。

この瞬間——俺は世界中の誰よりも、幸福である自信があった。

☆

「そら君、なんだかいつになく上機嫌だね？」

「そ、そうか？」

放課後、地元の駅で降車してからの下校中——隣で自転車を押しながら、優愛は俺の顔を覗《のぞ》き込んできた。

「うん。昼休みもだけど、珍しくスマホばっか気にしてるし」

自転車の前カゴに置いていたスマホを指差し、疑うように目を細める。

「……よく見てるな、俺の事」

俺が上機嫌なのもスマホに気を取られているのも、彼女が思った通りだ。それもそのはず——今日は憧れの女子と連絡先を交換した、記念すべき日なのだから。

南方から連絡先の書かれたメモを受け取った後、俺は更衣室に駆け込むなりすぐさまスマホを手に取って、ラインの友達追加を行った。

友達……あの南方の名前が友達の欄に載った感動は、一生忘れはしないだろう。

追加直後に『都築です』と文章を送って以降、休み時間の度に俺と南方は一件ずつメッセージを交わし合っていた。

現状では出かける日にちが決定し、続いて場所を決めようとしている最中——スマホの通知がいつ鳴るか、気が気でなかった。……ただ、

「そら君、何か良い事でもあったの？」

南方と連絡先を交換してデートまでしようとしている事を、俺はまだ優愛に報告できていない。

別に恋人でもない彼女に他の女子と何をしているとか、いちいち言う必要なんて微塵《みじん》もないのだが、漠然と言わなければいけない義務感が俺の心を急《せ》かしてくる。

「え……っと」

しかしながら、これは俺個人で完結できる話ではない。

南方は俺と出かける事を他人に知られたくないかもしれないし、いくら優愛だからといって安易に報告するのもよろしくないだろう。

「……優愛はさ？　俺が『女子と出かける』って言ったら、どう思う？」

誰と出かけるかまでは言わず、遠回しにでも女子と休日に会う事を伝えるには――考えた末、我ながら自意識過剰な言い回しで質問してしまった。

「へぇ、女の子にデート誘われたんだ？」

遠回しのつもりが逆に分かりやすくなりすぎていたのか、質問一つから彼女は俺の置かれている状況を瞬時に理解する。

「あえて相手は隠してるのかな？　様子からしてバレバレだけど」

「え、相手まで分かったのか⁉」

「うん。そら君、かなり顔に出やすいし」

「ちなみに、誰だと思ってるんだ？」

「一番有力なのは、南方咲歩さん……かな？」

正解……顔に出やすいタイプという自覚は多少あるが、どうしてピンポイントで個人名まで当てられるんだ？

俺の表情を確認するなり、優愛は「やっぱね」と口角を上げた。

「校内でそら君と過ごす時間が増えてから色々見てきたけど、そら君が関心を向けてた相手ってボク以外だと、南方さんの他に一人もいなかったからさ」

「よく見てるよな……本当」

「関心があるから見てるんだよ。……そら君と同じで」

「？　今、何て……？」

ボソッと優愛は何か呟《つぶや》いたが、上手《うま》く聞き取れなかった。

「んー、何でもないっ！　で、そら君が南方さんと出かけたらどう思うかだっけ？」

「相手はバレたし、その内容で間違いないよ……」

頭を押さえながら頷《うなず》くと、彼女は「そうだね」と数秒考えた。

「……『おめでとう』って、思うかな」

「お、おめでとう……？」

優愛の言葉に、俺の思考は数秒固まった。

理解が追い付かない俺に、彼女は補足する。

「だって普段の様子からして、そら君は……南方さんを好きとはいかないまでも、憧れの気持ちを持ってるんでしょ？」

隠し事をしようにも、全てがバレバレだったようだ。

「南方さん、女の子らしくて可愛いもんね。一応女子のボクから見ても、そら君が憧れる理由はよく分かるし。そんな子にデートに誘われるなんて、本当すごいねっ！」

「でも今回出かける事になった流れは、あの日のトイレ前で俺を不審者と勘違いしたお詫びがしたいっていうだけで、偶然というか……」

「理由はどうあれ、チャンスなのに違いはないんじゃないかな？」

「べ……別にチャンスなんかじゃ――」

――って、あれ？

どうして俺は、優愛の言葉に否定的な言葉を並べているんだ？

彼女は俺と南方が二人で出かける事を「おめでとう」と肯定してくれている――それなのに、なぜ俺は素直に受け止められていない？

「楽しんできてね、そら君？」

「……っ」

余裕のある優愛の笑顔に、胸が締め付けられた。

「あ、ああ……」

デートに行かないでほしい。誘いを断ってほしい。連絡を取らないでほしい。

そういったセリフを言ってくるのではないかと、心のどこかで俺は思っていたのかもしれない……いや、間違いなくそうだ。

口には出さなくても、否定的な態度を示されると思っていた。

再会して十数日――優愛はこんな俺に対して、少なからず好意を寄せてくれていた。それだけは伝わってきていたから、尚更《なおさら》だった。

だからこそ、俺は自惚《うぬぼ》れていたのかもしれない。――俺が今しているのは、優愛の気持ちを試すような最低の行為である。

隣を歩く優愛の顔を、まともに見られない。

さっぱりとした彼女に対し、俺はなんて女々しいのだろう？

どこかで優愛に引き止められたいと思っていた自惚れによる恥ずかしさと、彼女への申し訳なさで視界が歪《ゆが》む。

心に生じたモヤモヤは、数分空けても一向に晴れない。

この先の帰り道、俺は優愛と言葉を交わす事ができなくなってしまった。

好きな人を想うのはお風呂場で。

そら君と別れて家に帰ると、ボクは荷物を部屋に置いてお風呂場に向かった。

南方さんと連絡先を交換して舞い上がる彼の姿が、ボクの心を掻き乱してくる。

こんな気持ちになるなら、理由なんて聞かなければよかった。

転校初日、トイレの扉を挟んでそら君と南方さんのやりとりを耳にして、彼が好意を抱いている事は容易に想像できた。

今はただの憧れで、そら君自身も「手の届かない人」として彼女を見ている——だけどそれは、ちょっとしたきっかけ一つで「手を伸ばせば届く人」に変わってしまう。

そのきっかけとして、二人のデートは十分すぎるものだった。

羨ましいし、憧れてしまう。ボクが捨てた可能性を持っている南方さんは、どうしようもないくらいに可愛らしいから。

服を脱いで下着姿になると、部屋から持ってきた女子生徒用の制服を自身の体に当てて、鏡に映るボクと目を合わせてみた。

黒のブレザーにチェック柄のスカート、それと赤いリボン。……やはり、それらを重ね

Osananajimi,
Tokidoki JK.
Ribbon wo Surunoha
Ore no Mae de.

た姿にはどこか違和感を覚える。

男子用の制服を着ていた期間が長くなったのもあるけれど、それはその格好が板に付いているという事であり、「女の子らしさ」から遠ざかっている表れだ。

男装を始めるタイミングで切った長い黒髪がぼんやりと頭の中に蘇《よみがえ》り、触れられもしないのにボクは指先で空気をとかす。

ママが手入れしていたあの長髪に、今だけは頼りたい。

段々と虚《むな》しさが増したボクは制服を床に落とし、上から下着を脱いでいった。

浴室に入ると崩れかけている気持ちを立て直すように、冷たいシャワーを浴びる。

「そら君……ボクの反応、窺《うかが》ってたな」

南方さんとのデートの約束を、彼は迷いつつもボクに伝えようとしていた。

優しい彼の事だ。南方さんに対してもだけど、ボクへの配慮もあって報告するべきか否か、言うにしても伝え方を考えてくれていたのだろう。

わざわざボクに伝えるか迷うという事は、少なからずボクを意識してはくれているという事……そういう意味だと、希望を捨てるにはまだ早い。

ただ――あの場で「行かないでほしい」と伝えられる女の子に、ボクはなれない。

後から戻ってきた単なる幼《おさな》馴染《なじみ》が、そら君の恋路を阻むなんて烏滸《おこ》がましい。

女の子らしさを失って、そら君の理想とする「昔のあたし」でなくなったボクには、彼を引き止める権利なんてない。

目の前の鏡に両腕を当てて、ボクは顔を伏せた。

素直になれない自分に、嫌気が差す。

もしもそら君と南方さんの関係が上手くいったなら、それこそ本当に「バイバイ」しなくてはいけなくなる。

毎日のように夢見てようやく取り戻せた日常を、またも手放す事になる。

……とはいえ、恋愛感情を抜きにした幼馴染としては、そら君を応援するべきなのだろう。その日が来てしまったら、気持ちはどうにか圧《お》し殺すしかない。

しかし——ボクには一つ、大きな懸念点があった。

ボクの見た限り、これまで南方さんからはそら君に対する恋愛感情やそれに似た気持ちを抱いている雰囲気を、一切感じる事ができなかったのだ。

不審者扱いをしてしまったのを申し訳ないと思う気持ちは分かるが、わざわざデートに誘うなんて思わせぶりな行動を普通は取らないだろう。

何かを企《たくら》んでの誘い？　だとしたら、理由は何……？

知り合って日の浅い数少ない情報の中から、彼女の思惑を探ろうと脳を回す。

「……まさか、ね」

彼女の言動から予測して最もありえそうな理由が頭に浮かんだが、こればかりは考えたくないし、あまりにも自惚れが過ぎる。
そもそも考えるだけ無駄だ。いくら思考を重ねたところで、二人がデートしてみない事には先の答えも見つかりはしないのだから。

今のボクにはまだ、何もできない。
二人のデートが終わるまで、ボクの心が晴れる事はなさそうだ。

地元を巡るなら自転車で。

　土曜日、南方《みなかた》咲歩《さほ》とのデート当日。

「ううううぅ……ん……」

　緊張のあまり朝早くに起床してしまった俺——都築《つづき》空斗《そらと》は、自室の鏡前で唸《うな》り声を上げながら、今日着ていく服をじっくりと吟味していた。

　集合時間が十三時なのに対し、現在の時刻は九時前——集まる場所もかなり近場のため、まだ三時間ほど余裕がある。ただし、心には全く余裕が生じなかった。

　高校に入学してからずっと憧れを抱いていた異性と、他の男子生徒を出し抜いて運良く二人きりで出かけるチャンスに恵まれたのだ。

　自分史上、最も「良い状態」を作り上げるためにも妥協はできない。

「ダメだ、どれもピンと来ないっ！」

　こんな日が来るなんて想像もしていなかったから、女子と遊ぶ時に着られるような勝負服を俺は一着も持ち合わせていない。

　ボツにした服を床に放って、投げやりにベッドへとダイブする。が、セットした髪が崩れるのを案じ、俺は慌てて背中を起こした。

「はぁ……。どうするかな、これ」

「お困りのようだな、少年」

「だいぶな。ファッションセンスもないし、何が正解か分からねぇ」

「案外、無難が一番だぞ。背伸びするのは結構だけど、躓《つまず》いたらダセェしな。身の丈に合う服着て、そこから崩れないようにする方が失敗しねーもんだ」

「確かに一理あるな……って、何でしれっと部屋に入ってきてんだよ!?」

音も立てずに俺の部屋へと入ってきた姉貴——都築奏海《かなみ》に、俺はつい声を荒らげる。

あまりに自然に会話に引き込まれたせいで、反応がかなり遅れてしまった。

「いやな？　土曜にもかかわらず隣の部屋から物音が聞こえて、目が覚めてよ。そんで空の部屋覗《のぞ》いたら何やら楽しそうにしてっから、つい入っちまった」

「うるさくて起こしちゃったのか。ごめん」

冷静になって半袖Tシャツにショートパンツのパジャマ姿のままでいる姉貴を改めて目にすると、折角《せっかく》の睡眠を妨害してしまった事が途端に申し訳なくなってきた。

平日は朝早くに起きて朝食を作ってくれる姉貴であるが、毎朝早起きしている分、専門学校のない土日祝日はいつも昼頃まで起きてこない。

彼女の部屋は俺の部屋の隣に位置していて、それを仕切る壁も厚くはない。静かな田舎《いなか》の朝では、少しの物音さえもやけに気になってしまうものだ。

「今日はデートなんだろ？　気にすんな。舞い上がるのも無理ねーって」

しかし、姉貴はへらへらと笑いながら掌《てのひら》を上下に仰ぐ。

「にしても珍しいな、ファッションに関心ゼロの空が洒落《しゃれ》っ気《け》付いてるなんて。普段は髪整えるにも、ワックスなんて使ったりしないのによぉ？」

「まぁ、たまにはな」

「似合ってねーぞ」

「ド直球に酷《ひど》い事言うなよ⁉」

自分でも薄々思ってはいたが、他者にはっきり言われるとさらに自信がなくなる。

「悪い悪い、言い方間違えた。セットが下手《へた》すぎて違和感あるわ」

「……仕方ないだろ、久々に付けたんだから」

「デートで気合入ってるのは分かっけど、慣れない事すると調子崩すぞ？　いざという時にセットするんじゃなくて、いざという時のために普段から慣れとかねーとだな」

反論しようにも、姉貴のアドバイスにはぐうの音も出なかった。

学校のある朝は時間がなくて寝癖を直すぐらいしかしてこなかったが、過去の怠慢を今更になって後悔してしまう。

「つか、何で今日に限って服や髪にこだわってんだ？　いつも通りで問題ないべ」

「問題はない……けど、少しでも良い印象を与えたいんだよ」

「繕ったところで、優愛《ゆうあ》ちゃんは普段の空の方がいいんじゃねーの？」

　きょとんとした顔をして、姉貴は首を傾《かし》げた。

　どうやら彼女は、俺が優愛と二人で出かけるものと思い込んでいるらしい。……そういえば、誰と会うかまでは伝えていなかった。

「一応言っとくけど、今日出かけるのは優愛じゃないんだ」

「は？　どこの馬の糞《くそ》と出かけるんだ？」

「糞じゃなくて骨だろ」

　馬糞《ばふん》と外出するつもりはない。

「……美人局《つつもたせ》とかじゃないよな？」

「知りもしない相手に失礼だな。クラスメイトの女子だよ、普通に」

「へぇ、空が優愛ちゃん以外のアマとねぇ？　……ふーん」

　いつもだったら俺をとことん冷やかして反応を面白がってきそうなものだが、今日の姉貴はどこか不服そうな面持ちで自身の頬《ほお》を撫《な》でる。

「それ、優愛ちゃんは知ってんのか？」

「？　知ってるけど」

「んで、何も言われてねーの？」

「『おめでとう』『楽しんできてね』……って」

「ああー。なるへそなるへそ」

何か言いたい事がありそうにも見えたが一旦は納得できたらしく、「優愛ちゃんがそういう考えならいいか」と自分に言い聞かせるように頷《うなず》いていた。

南方と出かける約束をした日の下校中——「デートの約束を交わした」と報告した時に優愛が見せた反応は、未《いま》だ胸の奥にモヤとして残っている。

今まさに姉貴も感じているのだろうが、俺が他の女子と出かける事に対して優愛は何かしらの拒否反応を示すかもしれないと、自惚《うぬぼ》れにも想定していた。

しかし、現実はそういった反応を示されるどころか、デートの後押しをするような言葉までかけられてしまっている。

俺と優愛は単なる幼馴染であり、同じ高校に通う異性の友達——ただ、彼女と幼い頃にした「結婚の約束」に、今でも俺は縛り付けられていた。

優愛の転校初日に聞いた「そら君と再会できたら、結婚の約束を叶《かな》えられたりするのかなーとか、ちょっと妄想してたんだ」というセリフが、俺の心を大きく惑わしてくる。

南方とのデートは楽しみだし、念願叶ってらしくもなく舞い上がってしまった。——それでも、優愛の存在が頭から完全に離れる事はない。

「……ったく、うちに似て罪深く育ちやがって」

本来ならデート前で浮かれている状況のはずが、考え事に心が引っ張られて複雑な情緒となっている俺に対し、姉貴は深い溜《た》め息をついた。

「そんなツラして会うとか、デート相手にも失礼だろーが」

ベッドに腰掛け、姉貴は俺の両頬を片手で摑《つか》む。半ば無理矢理《むりやり》に顔を向けさせられると、彼女は俺の前髪に手を触れてきた。

「髪と服、うちが決めてやるよ」

「姉貴って、男子のヘアセットもできるのか？」

「うちは空より長い髪を毎日自力でセットしてんだぞ？　この程度の長さなら、リアル朝飯前だっつーの！」

真剣な眼差《まなざ》しで前髪を調整し、次いで背後に回って後ろ髪のセットに入る。

「うちはな、お前らがどう考えてんのか全部を分かってるわけじゃねーけどよ。少なからず、二人には『良い関係』でいてほしいって応援はしてんだわ」

「……それは何となく、見て取れてたよ」

「友達、恋人、知人……この先どんな関係になっても、二人が納得できるオチになればいい。ただ姉貴としてだけで言えば……ぶっちゃけ、空が幸せなら何でもいいんだわ」

姉貴はベッドから立ち上がって、俺を手招きした。

「だから、優愛ちゃんも言ってたように今日は楽しんでこい。冴《さ》えないツラしたままだと、デートを途中放棄されて一人悲しくシコる事になっちまうからな！」

床に散らばった服を集め、姉貴は俺に合わせるように一着一着を手前に掲げる。

服飾の専門学生にコーディネートを選んでもらえるのは、優柔不断な俺にとって物凄《ものすご》く心強いサポートだった。

☆

「さすがに三十分以上前からの待機は早すぎたか？」

今日のデートの集合場所は、俺が通学で毎日利用している駅の前である。

かなり早く駅前へと到着した俺は近くに設置された時計に目をやり、南方が姿を見せるのを待っていた。

とはいえ、いくら緊張したところで南方が訪れるのはもっと先である。自転車でここまで来た俺とは違い、彼女は電車に乗ってくるのだ。

事前に聞いていた電車の到着時刻まで時間はあるが、飲食店に入って暇を潰すには短いし、そもそもデートで食事に行くのだから飲み食いをするのも控えたい。

スマホを見ていても南方からの連絡が気になってアプリゲームにすら集中する事ができず、そわそわと時間を確認するくらいしかやれる事がなかった。

ひとまず憧れの人を前にしてもしっかりと喋《しゃべ》れるよう、待機中にできる限り気持ちを整えておくとしよう。

これだけ時間があれば、話す内容のシミュレーションくらいできるはずだ。折角手にした仲良くなれるチャンスを、棒に振りたくない――――


「とん、とんっ……だーれだ？」


が――整理しようとしていた気持ちは、一瞬でさらにとっ散らかってしまった。

視界が真っ暗になると同時に、温かく柔らかい人肌の感触が目元を覆う。

「み、南方さん……？」

「うん、正解っ」

ぱっと再び太陽の光が視界に差し込み、背後を振り返る。

俺の目を隠すために浮かしていた踵《かかと》を地面に着き、南方咲歩は無邪気に笑った。

「マジで天使かよ……」

「天使？」

「い、いや……こっちの話です」

しまった。声に出ていた。

ツインテールにした色艶の良い金髪に、白のブラウスとその上に羽織ったカーディガン、落ち着いた色合いのミニスカート——女の子らしいゆるふわコーデ。

言動は勿論《もちろん》だがビジュアル面も相まって、彼女の全身から「天使」と形容しても大袈裟《おおげさ》じゃないほどの愛らしさが溢《あふ》れ出ているように感じる。

「都築君、随分早かったね。もしかして、結構待たせちゃった？」

「全然待ってないよ。そういう南方さんこそ、予定よりだいぶ早いね」

「ちょっとね。遅刻したくなかったし、その……もしも都築君が早くに到着してたら、長く一緒にいられるでしょ？　……この時間に来て正解だったよ」

「っっ！」

つまり俺に会いたいがために、予定より前の電車に乗ってきたという事だよな⁉

気恥ずかしそうに頭を掻《か》く南方に、色々と期待が膨らんでしまう。

「……そう言ってもらえて嬉《うれ》しいけど、本当にここでよかったのか？　正直、県内で出かけるなら大宮とか川越の方が遊べる場所も多かったろうし」

「いいの、今日の目的は都築君へのお詫《わ》びなんだから。それに、アタシのワガママで遠出なんかさせたくないし」

「お詫びって、女子トイレ前で俺を不審者と勘違いした件のだろ？　もうとっくの前の話だし、別に気にしてないって」

ぶっちゃけ、こうして休日に会えているだけで十分すぎるくらいに満足である。お詫びをしてもらうどころか、俺から謝礼を払いたいくらいだ。

「まぁ、アタシが来たかったのもあるから。都築君の地元」

「？　何でまた……さっきも言ったけど、大して遊べる場所もないぞ？　駅周辺を見ての通り、カラオケとか小さなゲーセンがある程度だし」

「遊べる場所がなくても問題ないよ。『どこに行くかより誰と行くか』って格言があるくらいだし。あとはさ、自分の目でもしっかり見ておきたかったんだよね」

「見たい所があるのか？」

「具体的にはないけど、都築君が生まれ育った街を知りたくて。それを知れば、もっと気持ちが近付けるような気がするから……」

南方はカバンを持った両手を後ろに回し、前へと歩き出す。

「だから……今日は都築君の事、たくさん教えてね？」

「っ！　お、おう……っ！」

まさかあの南方が、ここまで俺に関心を向けてくれているとは思わなかった。もしかするとこれを機に、俺の学校生活は大きく変わっていくのかもしれない。

「立ち話もなんだし、早速だけどお店入ろっか。都築君、何か食べたい物ある？　お詫びだし、好きなの言ってよ」

「食べたい物……ちなみに、南方さんは好き嫌いとかあったりする？」

「んー、特にないね。昆虫食とかゲテモノじゃなければ」

「心配せずともそんな一風変わった物を提供してる店、こんな田舎《いなか》にはないよ」

初デートでそういう類いの店は選ばないし、俺だって食べたくない。

駅周辺で考えればチェーンのハンバーガーショップか格安のイタリアン、少し歩けばラーメン屋や喫茶店もあるが……さて、どう選ぼうか？

店内で長時間過ごすならラーメンは違うし、女子と二人という点を考慮すれば喫茶店が有力候補ではあるものの、小洒落《こじゃれ》た店では緊張でまともに話せる気がしない。

となると高校生らしいデートとしては、ハンバーガーかイタリアンが妥当に感じる。

「……チェーンのファストフード店でも大丈夫でしょうか？」

「都築君がいいなら、アタシはどこでもお供するよ」

「じゃあ、あの店にしてもいいかな？」

悩んだ末、俺は選んだ飲食店を指差した。

☆

「遠慮しないで、ここより高いお店でもよかったのに」

「遠慮したわけじゃなくて、好きだから選んだだけだって」

俺が選んだ店は、駅前のハンバーガーショップ。

都会や田舎問わず全国に店舗を構え、リーズナブルかつ種類豊富なメニューで子供から老人まで虜《とりこ》にする、ファストフードの大手チェーンだ。

荷物を置いて席取りを済ますと、二人でレジカウンターへと向かう。

俺は無難にチーズバーガーとナゲット、コーラのセットを注文し、次いで彼女も同じくチーズバーガーに、ポテトと紅茶のセットを頼んだ。

「南方さん、ありがとう。休日に地元まで来てもらった上、昼食まで奢《おご》ってもらって」

「気にしないで。アタシのワガママも結構入ってるし」

会計を終えてそれぞれトレーに載った商品を受け取った俺達は、場所取りしておいた座席へと進んで腰を下ろす。

「女子高生ってよく友達とハンバーガーを食べてる印象あるけど、南方さんは実際どうなんだ？　こういうチェーン店って、よく来るものなのか？」

「偏見の極みだけど、間違いじゃないよ。アタシも友達とよく来るしね。高校生なんて基本的に金欠だし、安くて美味《おい》しいってなればみんな集まっちゃうものだよ」

事実周りを見渡してみると、学校指定の制服やジャージを着ている中高生が多く来店している。今日は土曜だが、補講や部活終わりにでも寄っているのだろう。

「都築君は友達とかと、ここのお店にはよく来てるの？」

「いや、最近はあまり来てないな」

「地元の駅前で、しかも通学の乗り降りでも毎日使ってるのに？」

意外そうな口振りで、南方は聞き返してきた。

「平日は家族が作ってくれる飯を食べてるからさ。学校帰りに寄り道したら、お叱りを受けるハメになるし。ただ、小学生の頃はよく友達と来てたよ」

数年前を思い出し、つい過去を懐かしむ。

小学生の頃、サッカーの試合帰りに空腹に耐え切れなかった俺は、応援に来てくれていた優愛を誘って自転車でこの店に訪れていた。

もう何年も経《た》っているが、彼女も覚えていたりするのだろうか？　……いや、あいつの事だ。覚えているに違いない。

「同じ市内でも駅から家まで距離はそこそこあるから、当時は自転車に乗ってここまで来るのもちょっとした冒険気分でさ。……楽しかったなぁ」

俺は「いただきます」と掌《てのひら》を合わせ、ハンバーガーに一口かぶり付く。

「その友達って、もしかして湯城《ゆしろ》さん？」

「！　ああ、よく分かったな」

「確か湯城さんは小学生の時に転校して、都築君と離れ離れになったんだよね？」

あれ、そこまで話したっけ？　……よく知ってるな、俺らの事を。

「小三の時だな、優愛が転校したのは。……正直、相当落ち込んだよ。あいつほど仲良い友達、未《いま》だに一度もできてないくらいだし」

「男女の親友だったんだね、都築君と湯城さん」

南方は視線を落とし、しんみりと呟《つぶや》く。

「……羨ましいな、二人の関係」

「羨ましい……？」

「あっ……なんというか、幼馴染《おさななじみ》と高校で再会ってドラマチックじゃない？　運命みたいな感じがして、恋愛漫画っぽいっていうか……誰もが憧れる王道展開で」

両手の指先を絡め、彼女はうっとりと目を細めた。

「都築君は湯城さんと久々に会って、恋愛感情が芽生えたりしないの？」

「恋愛感情は……今はない、かな……」

「『今は』って事は、今後そうなる可能性もあるんだ」

「……どうだろうな」

改めてされた南方からの質問に、言葉を濁した。

そういった感情が一切ないかというと違うし、優愛を異性として見ている側面があるのは確かだが、完全に彼女を「女子」として見られていない部分もある。

引っ越した先で中学に進学し、クラスの男子の告白を断った事がきっかけとなって始まった優愛に対するいじめ——自衛で選んだ「男装」という逃げ道。

その選択が正しかったかは本人でないと分からないし、当時の状況をずっと見ていたわけでもない俺からは口出しもできない——が、結果だけを見れば彼女の男装は思惑通りの男除《よ》けとなり、いじめを受ける事もなくなったと聞いている。

少なからず「男装」の効果が絶大であったのは、間違いない。——現に内情を知る俺ですらも、完全に「女子」としては認識できないほどになっているのだから。

「今のあいつと過ごしてみて、女の子らしいと思ったりする事はあるし、昔とは違う魅力に気付く事もある……けど、異性として見きれていない節もあってさ」

「それって、湯城さんが男の子の格好をしてるから？」

「まぁ、そうだな。視覚的な問題もあるのかも」

「じゃあこの先も湯城さんがずっと男の子の見た目をしていたら、恋愛感情もなかなか芽生えないって事だよね」

腕を組みながら、南方は「ふむふむ」と頷《うなず》いた。……可愛《かわい》い。

「？　都築君、どうかした？」

「あ……っと、何でもないから気にしないでくれ！」

南方の仕草に口元が緩んでいるのを見られ、俺は慌てていつも通りの表情を繕う。ただすでに、彼女は全てお見通しのようだった。

「都築君のタイプって綺麗とか格好《かっこい》良い系より、可愛い系だったりする？」

「え……ま、まぁそうだけど」

「へぇ、そっかぁー？」

いたずらっぽくニヤリと笑いながら、彼女はポテトを口に含んだ。

「でも、都築君は見る目がないね。大して可愛くもないアタシにまで、鼻の下伸ばしちゃうなんてさ？」

「そ、そんな事ないって！」

反射的に、声を張って否定してしまう。

「その、南方さんは女の子らしいし……俺はすごい、可愛いと思うよ……」

勢いに任せて反論するも、冷静になるにつれ声がか細くなっていく。口をついて出てしまった恥ずかしすぎる本音に、全身が火照《ほて》ってきた。

そんな俺を前にした南方は口に手を添え、クスッと笑みを溢《こぼ》す。

「ありがと、都築君。男の子になんて滅多《めった》に褒められないから、嬉しいや」

「きっと他の男子だって、口に出さないだけでそう思っているだろうから」

「たとえ思ってても口に出してくれる人とそうでない人じゃ、前者の人に惹《ひ》かれちゃうものだよ。声に出さないと、気持ちって伝わらないしね」

そう言って再びポテトを摘《つま》むと、今度はそれを俺の前に差し出した。

「褒めてくれたお礼に、ちょっとあざとくサービスしちゃおっかな」

テーブルに肘をついて掌に顎を載せながら、まるで天使のように南方は微笑《ほほえ》んだ。

まさかと思い固まっていると、彼女は優しい眼差《まなざ》しで俺を見つめてくる。

「都築君。お口、あーんしてみて？」

こんな夢みたいな事、本当にしてもらっていいのか？

気恥ずかしさと嬉《うれ》しさが入り混じり、表情が安定してくれない。きっと南方目線での今の俺は、とてつもなく気色悪い顔をしている事だろう。

「ほら、あーんっ？」

「あ、あーん……」

目を瞑《つぶ》って口を開けると、南方がポテトを口まで運んでくれる。

ほんの一瞬……それでもこの瞬間だけ、俺は優越感で満たされた。

しょっぱく味付けされたポテトが、彼女の声と香りで甘ったるく感じられる。

この先の人生、今日味わったこの風味を、俺は忘れる事ができないだろう。

☆

「危ないし、バスに乗ってった方がいいんじゃないか……？」

「バスじゃ行く道が決まってるし、都築君も自転車の方が案内しやすいでしょ？」

時刻は十四時過ぎ——ハンバーガーショップでお喋《しゃべ》りしながら一時間以上を過ごした俺

達は、ようやく店を出て違う場所へと移動しようとしていた。

とはいえ周辺に娯楽施設は大してなく、近くのショッピングモールまで行こうにも車ならともかく徒歩で行き来するには時間がかかりすぎる。

だから俺達はあえて目的地を決めず、自転車で地元を巡る事にした。

正直なところ特に観光地や娯楽施設もない地元を自転車で回るなんて俺は気が進まなかったのだが、南方が「案内してほしい」と言うのだから仕方ない。

「これ、俺が乗ってるママチャリだけど……乗れそうか？」

駐輪場に預けていた自転車を取り出して、俺はサドルに跨《また》がった。

移動手段を自転車に決めたのはいいものの、都合良く予備があるわけもない。生憎《あいにく》、使えるのは俺が乗ってきたこの一台のみだ。

必然的に二人乗りをする事になるのだが、そうなると南方には俺の後ろ――つまり、荷台に乗ってもらうほかなかった。

警察に見つかったら声をかけられるのは免れないし、二人乗りをして怪我《けが》させてしまったらなんて考えると、ますます気乗りしない。

「うん、これなら乗れそう！　後ろ乗りなんて久々だから、楽しみだなぁ」

一方で俺の心情とは裏腹に、南方はノリノリで二ケツ走行を楽しもうとしていた。

他に何か二人乗りの流れを覆す言い分はないかと、俺は彼女の全身を視界に入れる。

「南方さんは、その……スカートのままでも乗って平気なのか？」

「都築君、ずっとそんな事を気にしてたの？」

「違っ……気にしてたわけじゃなくて、だいぶ跨がりにくそうだったから！」

「動揺してたら怪しいよ。まったく、都築君も男の子だね？」

からかわれている事は分かっている。が、不思議と悪い気はしなかった。

「でも確かに、このスカートじゃ乗りづらいか。脚も大きく開かないとだし」

「だろ？　だったら、無理して後ろに乗らない方が……」

「けどさ、この方法なら大丈夫じゃない？」

南方は俺の腹に両腕を回し、左右の脚を揃《そろ》えたまま横向きで荷台に腰を下ろした。

突然の密着に一瞬バランスを崩しかけるが、俺は必死に体勢を整える。

ただでさえ慣れない事をしようとしてるのに、その相手が南方なのは物凄《ものすご》く心臓に良くない……衣服越しに伝わる彼女の温かさで、脳が平常運転してくれなそうだ。

「都築君はいけそう？　荷台に跨がるより運転難しそうだけど」

そもそも二ケツ自体がバランス感覚を求められるし、下手《へた》な運転をすれば二人して怪我する恐れもある。安易に頷く事なんて、とてもじゃないが——

「いけるよ、俺」

つい、言ってしまった。

ここで「無理」と断れば彼女と密着しているこの幸せなひと時を、自ら終わらせてしまう事となる。後悔に押し潰される未来が目に見えていた。

重みが増したペダルをぐるりと回し、いつになく慎重に自転車を漕《こ》ぎ始める。

さすがに駅周辺だと人や自動車が他の場所より多く見られはするものの、商店街を抜けてさらに進んでしまえば、人気《ひとけ》はガラリと減ってしまう。

小学生時代と比較しても、街の活気は年々緩やかに失われつつあった。

馴染《なじ》みの駄菓子屋は閉店し、いつの間にか空き家が増え、土曜のはずなのに外で遊んでいる子供の姿すらほとんど見受けられない。——ただ、

「へぇー。ここが小学生の頃、都築君が試合してたホームグラウンドなんだ」

多くが変わってしまっても尚《なお》、今も残っている自分の育った場所に誰かが関心を向けてくれるというのは、案外心地よいものだった。

駅から近い順に商店街、運動場、温泉、中学校、商業施設、公園、小学校と自身に馴染み深い場所を巡って、そこでの思い出を掘り下げながら案内を続ける。

正直「こんなのを聞いていて楽しいか？」と疑問に思いはしたものの、当の南方は興味津々な様子で耳を傾けてくれていた。

しかし会話をしていると、俺の話している内容のほとんど……いや、全てにおいて「湯城優愛」の存在が潜んでいる事に、改めて気付かされる。

俺の思い出は彼女がいなければ成り立たないのだと、より思い知った。

「──ねぇ、都築君。ねえ、聞いてる？」

「え……？　あ、ごめん……」

考え事をしていたせいで、南方の声にさえ反応が遅れてしまう。

「風の音で聞き取れてなかった。どうかしたのか？」

「さっき、都築君が通ってた小学校の前を通過したでしょ？　だから、都築君の家もここから近いのかなーって」

「ああ、自転車で行けばすぐそこだよ」

「……やっぱりそうなんだ。ちなみにどこら辺？」

「どこって、方向の事か？」

「そうそう、深い意味はないけど……ちょっと気になってね」

どことなく意味ありげな言い方にも感じたが、都築家の場所を知って空き巣をしようというわけでもあるまい。

「近いし、折角《せっかく》なら寄ってみるか？」

「え……い、いいの？」

「まぁ、家の中には上げられないけど」

幼馴染で昔から何度も家に遊びに来ていた優愛ならともかく、一回目のデートで南方を家に招いては軽い男と思われてしまいかねない。

それに何より、今日は家に姉貴がいる。

南方を連れていけばどんな反応をされるか分からないし、前回みたいにコスプレ姿で登場されようものなら、悪い噂《うわさ》が拡散されて俺の学校生活はお先真っ暗だ。

彼女を乗せたまま進行方向を変え、俺は家に向かってペダルを漕ぎ進める。

「湯城さんと二人で近頃帰ってるみたいだけど、昔も一緒に帰ってたの？」

「あいつが地元にいた小一から小三までは、ほぼ毎日一緒だったよ。小さい学校だったからクラスも一つだけだったし」

「じゃ……じゃあ、家の方向も同じだったんだ？」

「途中までな。俺んちから優愛の家まで、自転車なら数分で着くよ。……あ、丁度この丁字路まで一緒だったんだ」

「なら、湯城さんちもついでに見に行っちゃう……？」

「さすがに人の家を案内したくはないな」

「ははっ。……そりゃそうだ」

小学校から都築家までであれば、自転車だと五分もかからない。

そして数分、南方と雑談して気が紛れていたからか、それとも漕ぐスピードが小学生の時と比べて速くなっていたのか、俺達はあっという間に都築家まで辿《たど》り着く。

——が、南方を連れてきたこのタイミングで、求めていない奇跡に俺は見舞われた。

「……空？」

頭上から降ってきた俺の名前に、冷や汗が垂れる。

確認せずともその声の主が誰かは、容易に想像がつく。というか、今日この時間に都築家の中に入れる奴《やつ》なんて一人しかいない。

顔を上げてベランダを視界に映すと、そこには洗濯物を干す姉貴の姿があった。

「随分帰りが早いけど、もうフラれて退散してきたのか？　……って、おい空。お前、背中に女の悪霊が取《と》り憑《つ》いてんぞ？」

「告ってすらないし、色々失礼すぎるだろ！」

俺が声を張り上げてすぐ、悪霊呼ばわりされた南方は荷台から身を下ろし、二階にいる姉貴に丁寧にお辞儀した。

「空斗君のお姉さんですよね。初めまして。アタシ、南方咲歩といいます」

「なんだ、生きてたのか。危うくママチャリごとお祓《はら》いに行かせるとこだったわ」

姉貴は腕を組み、地上の俺達を見下ろしながら眼光を尖《とが》らせる。

「ねぇ、都築君？　お姉さん、すごく怒ってない？　アタシ、まだ何もやらかしてないと思うんだけど……」

「ごめん、目つきと口が悪いだけだ。気にする必要ないから」

マイルドヤンキーじみた姉貴に怯《おび》える南方をなだめ、俺は深い溜《た》め息をつく。

「姉貴、いい加減にしろって。そのノリ、慣れてない人からしたらただの性悪発言にしか聞こえないから」

「出会い頭にナメられたら、この街じゃ終わりだからな」

「俺と姉貴とで見えてる世界が違うのか？」

ここら辺で出会い頭に喧嘩《けんか》をふっかけてくるようなヤンキー、一度たりとも出会った事がないぞ。姉貴以外には。

「ひとまず、ちょっと待ってろ。いっちょ挨拶カマしてやるから」

「挨拶はカマすものじゃないだろ！」

姉貴が俺達に背を向けてすぐ、階段を駆け下りる音が家の中から微《かす》かに聞こえ出す。

「よっ、と……。待たせたな、お二人さん」

半袖Tシャツとショートパンツを組み合わせた、朝に見たままのパジャマ姿で玄関から出てくると、姉貴は俺達にひらひらと手を振った。

休日で家族以外に誰とも会うつもりがなかったからだろうが、あまりにラフすぎて服飾系の専門学生らしさは微塵《みじん》も感じられない。

「自己紹介が遅れたな。うちは都築奏海だ、こいつの姉の」

「姉貴。挨拶はいいけど、まず会って早々に変な絡み方したのを謝れよ」

「悪霊扱いした事か？　しゃあねーだろ、強い邪気を感じたんだから」

「冗談だとしても、本人の前でまた失礼な……。そもそもお前、そういうスピリチュアルを信じるタチじゃないだろ」

「都築君、平気だよ。アタシ、別に気にしてないからさ！」

姉貴の態度によって俺の苛立《いらだ》ちがジワジワと込み上がっていくのを察し、南方は俺達の間に入って慌てて場を取り持った。

「君の名前、南方咲歩ちゃんだっけか？」

「え、そうですけど……？」

姉貴は彼女の名前を確認すると、南方の周囲を歩き回りながら全身をジロジロとくまなく見つめ始める。

……まずい、こいつは「女子」でもイケる口だった。

男女問わずの面食いである姉貴は、ツラの良い相手には異様に距離感が近くなる悪癖を持っている。それも、南方は学年でもトップクラスの美少女だ。

優愛が家に来た時のように下ネタを言い出せば俺の学校での立場が危ういし、家に上がる流れになれば「コスプレをしろ」とせがんでくる可能性もある。

メイド服を着た南方は見てみたいけども！

「ふーん、なるへそ」

しかしながら、姉貴が見せた行動は俺がイメージしたものとだいぶ異なっていた。

南方から一歩距離を取り、彼女は退屈そうにあくびをする。

「……んじゃ、事故らないようにチャリ漕げよ。あとこの時間帯はお巡り多いから、二ケツしてんのバレっと面倒だぞ」

「え、家に上げようとはしないのか？」

「弟よ。あんたはうちを、誰彼構わず家に連れ込むビッチとでも思ってねーか？」

てっきり中に連行されるものとばかり思い込んでいたが、当の姉貴はどこか呆《あき》れた様子で首を横に振った。

「その様子じゃ、あんたら家に上がるつもりはなかったんだろ？　弟が夢見てる最中に水を差すなんて出すぎた真似《まね》も、うちだってしたくねーしさ」

「……？　それ、どういう意味だ？」

「深い意味はねーよ。ただ、そこのお嬢ちゃんに似合うコスプレ衣装の手持ちがなかったってだけの話だ」

姉貴は俺の背中を軽く叩《たた》いて、「気を付けろよ」と一声かけた。

「心配しなくても、安全運転するつもりだ」

「二ケツの時点で安全じゃねーっての」

☆

時刻は十七時手前——所々で寄り道したり、いつも以上にゆっくり走行していた事もあって、駅に到着する頃には相当な時間が経過していた。

「今日はありがとう。色々話せて、楽しかったよ」

駐輪場に自転車を置いて駅構内の改札前まで南方を送ると、彼女はぺこりと小さくお辞儀をしながら微笑《ほほえ》んだ。

「お、俺も楽しかった……っ！　わざわざ来てくれて、俺の方こそありがとう！」

「それならよかった。実は今日会うの、すごく緊張してたから……」

南方は斜め下を向いて、照れながら言う。

そんな風には全く見えなかったが、自分だけでなく彼女も緊張していた事を知り、親近感が湧くと同時に嬉《うれ》しさを感じた。

「けど、こんな早いお別れでごめんね。もっと一緒にいられたらいいんだけど、急用が入っちゃって……」

本来は夜ごはんまで一緒に食べるつもりでいたのだが、話を聞くと急遽《きゅうきょ》家族で食事に行く予定になってしまったらしく、今日はここで解散という運びになった。

「気にしなくていいよ。こうして会えただけでも、俺は満足だから」

「本当……？　でも、今日はお詫《わ》びをしたかったのに、これじゃあアタシの気が収まらないままだよ。……代わりに、今度埋め合わせしてもいいかな？」

「埋め合わせ……？」

「うん。近いうち、もう一度会ってくれない？　その時に夜ごはん、一緒に食べに行けたらなって。……どう？」

「も、勿論《もちろん》！　喜んで行くよ……っ！」

「やった……っ。約束だよ、都築君」

南方は小指を差し出し、俺は少々戸惑いながらもその指に小指を絡ませた。

また彼女と二人で会うチャンスを、こうも早くに手に入れられるなんて。

「バイトの予定とか色々先約もあって、いつタイミングが合うか分からないけど……後で改めて連絡するね」

「わかった。楽しみに待ってる」

南方は結んだ小指を解《ほど》き、改札を抜けてホームへと向かう。その背中を見送っていると彼女は階段の手前で立ち止まり、俺に大きく手を振った。

「ばいばい。また、学校でね！」

「また……また学校でっ」

手を振り返すと彼女はニッと笑顔を浮かべ、階段を下りていく。

南方咲歩――クラスのアイドルとの初デートに、俺は確かな手応えを感じていた。

明後日《あさって》からの学校生活は、今までと大きく変わっていきそうだ。――しかし、

「……これも、優愛のおかげか」

デート中、俺と南方の間では彼女の話題が何度も上がっていた。

あいつがいなければ話題が減ってしまう事はおろか、そもそも約束を交わす事もままならない。――全て、優愛がいたからこその手応えである。

本人は特に気にしていないよう振る舞っていたが、心の底では俺と南方が二人きりで出かける事を、どう受け止めていたのだろうか？

もしかすると俺の自意識過剰で、本当に何とも感じていないのかもしれない。ただ、それはそれでどことなくむず痒《がゆ》さが残る。

俺は一体、優愛に何を求めているのか――考えれば考えるほど、あいつからの見え方を気にしている自分の潜在意識が、浮き彫りとなっていく。

思い返せば俺の頭の片隅には――湯城優愛の存在が、常にあったらしい。

次に会うのは、三人で。

Osananajimi,
Tokidoki JK.
Ribbon wo Surunoha
Ore no Mae de.

南方《みなかた》咲歩《さほ》とのデートを終えた週明け。

いつもならこれから始まる憂鬱な五日間の学校生活に嫌気が差しているところだが、今日ばかりは気持ちがいつもと違っていた。

寝起きの悪い俺が目覚ましのアラームに従って目を覚まし、早くに朝食や身支度を済ませて家を出ようとしている。

月曜の朝にもかかわらず気分が晴れやかで、足取りも軽い——まるで生まれ変わったかのように、今は学校に行くのが楽しみで仕方なかった。

学校に早めに到着すれば、もしかすると南方と教室の中で話せるタイミングが生まれるかもしれない。そう考えると、家でゆっくりなどしていられなかった。

が——靴を履き終えた後、俺は玄関で蹲《うずくま》ったまま動けなくなる。

幼馴染《おさななじみ》の湯城優愛《ゆしろゆうあ》が家に訪れて、俺を急《せ》かしながら登校する——小学生の頃に戻ったと錯覚してしまうような日々が、すでに俺の生活には染み付いていた。

あともう少し経《た》てば、あいつが今日も迎えに来る。

南方との仲が深まった事により早く学校に行こうと体が動いているのに反して、優愛を置いて一人で登校する抵抗感に苛《さいな》まれた。

「……優柔不断かよ、俺」

玄関の段差にしゃがんだまま両膝に肘を置き、髪を掻《か》き乱す。

安心感に満ちた幼馴染との生活に甘えて、愛情か友情、あるいはその両方か——少なからず彼女が向けてくれていた想《おも》いを蔑《ないがし》ろにしている自分に、異様に腹が立つ。

「折角《せっかく》準備したってのに、座ったまま二度寝か？」

なかなか家から出ようとしない弟を案じ、都築奏海《つづきかなみ》が俺のもとに歩み寄った。

「別に……今から出るよ」

「そうか？　うちにはあんたが、誰かを待ってるようにしか見えなかったけどな」

どこまでを察しているのか、姉貴は俺がこの場に留《とど》まっている理由を言い当てる。

「土曜日、空が出かける前にうちが言った事……覚えてるか？」

「俺と優愛がどういう関係になっても、俺達が納得できればそれでいい……だったか？」

「そうだ。あとは、姉としては空が幸せならそれでいいって話だな。ただ勘違いしてほしくないのは、『お前ら二人で幸せになる』のがうちにとっての一番なんだわ」

「朝っぱらから、何が言いたいんだよ？」

「深い意味はねーよ。けど、うだうだと逃げるかどうか迷ってるくらいなら、優愛ちゃんと本音で話してみろって思うだけだ」

「逃げるか迷う？　俺が？」

「少なくとも、うちにはそうとしか見えねーな。まだこんな所にいるのだって……自分で選ぶのから逃げて、決定権を優愛ちゃんに委ねてるようにしか思えー――」

「そんなつもりねぇよ！」

姉貴の言葉を遮り、玄関の段差から立ち上がる。

しかし反論をする余地などないし、彼女の言っている事は的を射ていた。

結局この行動だって、姉貴からすれば逃げているのと同じだろう。

俺は荷物を持つと玄関の扉を勢い良く開けて、家を飛び出した。

閉まっていく扉を振り返ると、彼女は追ってくる事もなければ引き止める素振りも見せず、ただただ俺を優しい目で見送っている。

姉貴は俺の気持ちを、どこまで見透かしていたのか――母親代わりに俺の面倒を見てくれていた彼女は誰よりも、何なら自分自身よりも俺の事を理解していた。

だからこそ、姉貴の言葉に耳を貸す事すら拒むほかなかった。

家の前に置いている自転車に鍵を差し込み、俺は罪悪感を振り切るようにサドルに跨《また》がって都築家の門を後にする。

「おはよ、そら君っ」

直後──背後から突然、声がかかった。

気付かないフリをして先に進んでしまおうとも思ったが、一瞬でも反射的にスピードを緩めてしまっては、それがわざとなのは明らかとなる。

自転車の走行を渋々中断し、サドルに腰を下ろしたまま後ろを振り返って、

「……おはよう、優愛」

俺は一言、荒れた心を押さえ込むように──わざわざ家まで俺を迎えに来てくれた幼馴染へと、目も合わさずに挨拶を返した。

「珍しいね、そら君がもう家を出てるなんて。何か学校でやる事でもあるの？」

「いや、たまたま早く目が覚めたから……」

それっぽい言い訳を口にすると、彼女は「へぇ」と相槌《あいづち》を打つ。

今の俺が優愛の目にどう映っているのか、考えるだけでたまらなく怖い。

家を出る直前に姉貴の話を聞いてしまったせいで、元々向いていた彼女への意識がさらに過敏になっているのが自分でも分かる。

俺は正面を向き直し、平常心を装いながら自転車を漕《こ》ぎ始めた。

「あっ。待ってよ、そら君」

彼女は自転車で俺の後を追いかけ、すぐに横へとやって来る。

「ねぇ、そら君……ねえってば？」

「……んだよ、優愛」

「そら君、体調でも悪いの？　いつもとまるで様子が違うけど」

「体はすこぶる調子が良いよ。早くに登校する気力が湧いてきたくらいには」

「ならどうして、そんなに機嫌が良くないの？　……ボク、そら君に何かした？」

「してないから心配するな」

「そ……っか」

何度も問答を繰り返す優愛に、俺はつい苛立《いらだ》った対応をしてしまう。すると彼女は強引に俺の発言を呑《の》み込んで、しばらく沈黙を続けた。

ただ、彼女としてもそれでは納得がいかないのだろう。

駅まで自転車を走らせながら頭を悩ませ、何とかしていつも通りの日常を取り戻そうとしている——優愛の表情は、そんな風に俺の目に映っていた。

「そういえばさ、土曜のデート……南方さんとのお出かけは楽しめた？」

彼女の質問により、長い沈黙はようやく打ち破られる。

とはいえそれは、この空気感に耐えられずに捻《ひね》り出した話題などではなく、優愛自身が関心を抱いた上で投げかけた質問だった。

まぁ、これを訊《き》かれるのは想定内。何なら俺は「この話題から逃げていた」と言っても過言ではないほどに、本来なら答えたくない内容であった。

「……楽しめたよ」

ポジティブな感想を渇いた声に乗せ、ぶっきらぼうに吐き捨てる。

「二人で何して過ごしたの？」

「昼食にハンバーガーを食べて、二ケツで地元を案内して、夕飯前には解散した」

「夜までは一緒にいなかったんだね。あんまりイメージできないけど、一緒に遊んでる間はどんな話をしてたの？」

「学校の事と、お互いの趣味や思い出話とか。……あと、優愛の話題もよく出てたよ」

「え……ボクの話題？　二人のデートなのに……？」

相当意外だったのか、それとも何か不都合でもあったのか――優愛は目を見開いて、驚いた様子で俺の顔を見た。

「そら君……デート中に南方さんとの会話で出てたボクについての話題って、どういう内容だった？」

「どうして俺が優愛に、わざわざ南方との会話内容を――」

「教えて」

横目でチラリと優愛の表情を映すと、俺の思考は一時的に固まってしまった。

空気を引き締めるような彼女の視線に気圧《けお》されて、思わず声が喉に詰まる。

「え、っと……」

冷や汗を垂らしながら、俺は土曜にした南方との会話内容を思い返した。

「優愛と俺が幼馴染って事は元々知ってたみたいで、俺らが通ってた小学校についてとか、どこら辺で遊んでいたか……みたいな」

「地元を案内した時に、小学校や公園も見て回ったの？」

「あ、ああ。そこら辺は行って、あとは……いや、それくらいか」

「本当に？」

「……っ。中に入れたわけじゃないけど、俺の家の前は通ったよ……」

誤魔化《ごまか》しを一切見逃さず、彼女は俺を問い詰めた。

「そら君さ。その日、ボクの家には寄ったりしてないよね？」

「え……？」

――昔も一緒に帰ってたの？

――家の方向も同じだったんだ？

――湯城さんちもついでに見に行っちゃう？

優愛の問いかけで、デート当日のたわいもない会話が脳裏に蘇《よみがえ》る。

話の流れから生じた、単なる雑談――しかしながら、それは優愛からしてみると「違和感のある」会話であったらしい。

「……勿論《もちろん》、優愛の家には寄ってない。同じ小学校に通っていたのは周囲にも知られ始めてる事だからともかく、さすがに人の個人情報だし」

「でも、ボクの家についての話題には触れたんだ」

「ま、まぁ……」

小学校が同じかつ一緒に下校までしている時点で、俺達が近所に住んでいる事は考えれば誰でも分かる。けれど、湯城家の明確な場所や行き方を教えたわけでもない。

ただ優愛はずっと、どこか怪訝《けげん》な表情を浮かべていた。

「その話題、そら君から振ったの？」

「俺から振る？」

「誘導とか、されたりしてないよね？」

悪意のある優愛の聞き方に、自身の頭に血が上ったのが分かった。

「優愛……お前、何か言いたい事でもあるのか？」

自転車のペダルから片足を離して、道路の隅に立ち止まる。すると彼女も少し進んだ先で一時停止し、俺の方へと首を回して視線を向けてきた。

「言いたい事というよりも、あまりに不審な点が多くてさ」

「……例えば？」

「普通そこがたとえ友達の地元だったとしても、観光地でもない場所の案内なんてわざわざしてもらわないよ」

「そんなの、お前にとっての普通だろ」

「今回のデートって、そら君へのお詫《わ》びが目的だよね。なのに何で、選べるお店も少ないこの街で約束をしたの？」

「それはお詫び相手の俺に移動の手間がかからないよう、配慮して……」

「なら、折角のデートにもかかわらず『ボク』の話題ばかりなのは？」

「優愛はお互いが共通で知っていて、話題として丁度いいから。……それに」


——湯城さんと久々に会って、恋愛感情が芽生えたりしないの？


デートをする以前に南方からされた質問を、ふと思い出す。

お詫びという名目とはいえ、二人での遊びに誘ってくれるほどだ。少なからず、俺に対する印象はそこまで悪いものではないはずである。

あの質問にしても、俺が優愛をどう思っているのか遠回しに探りを入れていた可能性だって、ありえなくはないだろう——と、淡い期待を抱くと同時に、これが自身にとってどれほどまでに「都合の良い解釈」であるかも、胸の奥に引っ掛かった。

優愛が不審に感じている点は考えすぎにも思えるが、それは俺が南方の「味方」でいようとしているからこそだ。

俺がしている反論も、根拠としてはかなり薄い。むしろ、俺にとって都合の良い言い訳を無意識のうちに言っていただけ。

「そら君は南方さんの事、異性として好き？」

「……っ⁉　何でだよ、藪《やぶ》から棒《ぼう》に！」

急な問いかけにたじろぐ俺を見て、優愛は視線を落とす。

「答えたくないなら答えなくっていいよ。その代わり一方的に言うけど……南方さんに恋するのは、やめた方がいい」

冗談ではないお節介な忠告に、俺は自転車から降りて彼女に詰め寄った。

「お前、この前は『チャンス』って……デートが決まった日には、俺が南方と出かけるのを肯定的に捉えてただろ⁉」

「話を聞く限り、状況が違うよ。……その話を聞いた時も、何か裏があるかもとはちょっと想像してたけど」

「裏があるって……南方はそんな奴《やつ》じゃない！」

「まだ付き合いも浅いのに、はっきりと言い切れるの？」

「だったらお前こそ……南方の何も知らないのに、どうしてそこまで言えるんだよ⁉」

つい、感情的になってしまう。

南方とのデート前、優愛にそれを伝えた際に胸の奥に生まれたモヤモヤ——想像とは相反して俺と南方の繋《つな》がりを肯定した彼女への、身勝手な甘え。

優愛だけは自分の味方をしてくれる。俺に好意を持ってくれている。――感情の揺らぎからできた安心感の隙間から、不安と不満が溢《あふ》れ出す。

一度は送り出したというのに……今更になって、否定してこないでくれよ。

「関係ないだろ、優愛には……」

ボソリと、負の感情を吐き捨てる。

「俺が誰を好きとか、別に優愛には関係ない。恋人でもなければ、お前は俺に好意を持ってるわけでもないんだから……ッ！」

唇が微《かす》かに震え、彼女の瞳からは少しずつ光が抜けていく。

だが、俺はすでに――後には引き返せなかった。

「もう……ほっといてくれ。小学生の頃とは、俺達の関係だって違うんだ」

自転車に跨《また》がり、彼女を置いて通学路を再び進み出す。

優愛が急いで追ってくる気配はないし、俺も背後を見ようとはしない。

そうだ、それでいい。追いかけてこなくていい。

優愛の思い描くような理想の幼馴染《おさななじみ》とはかけ離れ、こんなにも身勝手で不甲斐《ふがい》ない今の俺は、彼女の隣にいられる男ではとうになくなっているのだから。

☆

デートをきっかけに南方との関係が親密になって、これから学校で話せる機会が増えるかも——少し前までそんな期待を抱いてはいたものの、現実はそう甘くない。

挨拶や軽めの雑談をする事はあったがそれはデート以前にも時々していたし、特に生活が変わる事はなかった。

ただここ最近、俺の生活で大きく変わった点が一つある。——いや、厳密には「元に戻ってしまった点」と言った方が正確かもしれない。

南方とデートをした次の月曜——彼女の事で、優愛と言い合いになった日。

あの一件以来、俺と優愛の距離は開いたままだった。

優愛が転校してきてから俺は毎日のように彼女と会っていたのだが、今は廊下ですれ違っても目を逸《そ》らしてしまうほどに、気まずい状況が続いている。

登下校は勿論、昼休みや合同授業——優愛との関係が悪くなってしまった結果、俺の学校生活は必然的に一人ぼっちへと逆戻りした。

正直寂しさはあるが、彼女を身勝手に拒絶したのは他でもない俺自身である。

俺を目の敵にしていた優愛のファンクラブ「ゆうズ」の連中にしたって、俺が彼女から離れた途端に眼中にも入らなくなってしまったようだ。

しかし――そんな俺を気にかけてくれる人が、教室に一人。

「都築君、最近どうかしたの？」

南方咲歩だけが、こんな俺の事を気にかけてくれていたのだ。

優愛と疎遠になってから数日――昼休みの教室で一人黙々と食事をしていると、彼女は心配そうに話しかけてきた。

「……っ」

相談できるものであれば、南方に話してラクになりたい。

とはいえ優愛との関係が拗《こじ》れたのは、南方とデートしたのがきっかけである。――彼女に非は一切ないが、そのまま伝えれば気に病ませてしまう恐れもあった。

「もしかして都築君、湯城さんの事で悩んでる？」

すでに南方も悩みの大枠は予想がついているらしく、話す内容を考えていると先に彼女から質問をされてしまった。

「悩みがありそうとは思ってたけど、だったらラインよりも顔を見て相談に乗った方がいいかなって。教室で話しかけられるの、迷惑じゃなかった？」

「迷惑なわけないよ。丁度、誰かに相談したいところだったし」

南方と仲が良いギャル集団は食堂に行っているのか、周囲には見当たらない。普段なら彼女もついていっているはずだが、理由を付けて離れてくれたのだろう。だが、奴らが不在であっても、教室にはそれ以外のクラスメイトだって少なくない。

現時点で「何であんな冴《さ》えない奴が南方さんと話してるんだ？」と男子グループが騒《ざわ》つき出しているのが、遠くから微かに聞こえてきていた。

南方の気持ちは素直に嬉《うれ》しいけれど、変に噂《うわさ》が立ってはさらに話が拗れてしまう。

「一旦、教室を出て話さないか？」

「やっぱり、人にはあんまり聞かれたくない？」

「まぁ。本当なら学校で話すのも、若干躊躇《ためら》うんだけど……」

トップクラスの男子人気を誇る南方と話している様子を見られるのもだが、その話題の中心となるのは女子人気トップクラスの優愛についてだ。

面倒事は避けたい性分の俺からすると、人目のある所で悪目立ちをしたくはない。

「ねぇ……まさか湯城さんに関する悩みって、痴情のもつれ……？」

「何でそうなるんだよ！」

南方は掌《てのひら》で口の横に壁を作り、俺にひっそりと耳打ちした。伝え方が悪かったのもあって、ありえない勘違いをさせてしまったようだ。

「あいつはただの幼馴染で、今も昔も付き合った事は一度もないんだって。……勿論、そういう行為をする仲でもないし」

「よかった……。さすがのアタシでも、そういう話じゃ耐えられそうにないからね」

「耐えられそうにないってのは、どういう状況だ？」

「羨望や嫉妬心、とか？　アタシも彼氏欲しいなーって、相談内容すら頭に入ってこなくなりそうだし」

俺から距離を取ると、南方は右の人差し指で頰《ほお》を押しながら首を傾けた。

なんというか、多くの男達が勘違いしてしまうような言い方である。にしても、たった一度出かけただけの俺なんかを、よくこんなにも気にかけてくれるな……。

「南方さんはどうして、俺達の関係をそこまで心配してくれるんだ？」

「心配する理由、ね……」

すると数秒の間を空けて、彼女は自身の考えを整理し始めた。

「都築君はアタシにとってもう、大切な友達でしょ？　その友達が大切に想《おも》ってる幼馴染と仲悪くなったりしたら、アタシまで悲しいんだよ。……それに、都築君がこれだけ慕っている人なら、アタシも湯城さんと仲良くなってみたいしね」

「……そっか」

優愛は南方に何か企《たくら》んでいるのではないかと疑いの目を向けていたが、俺には友達想いの優しい女の子としか思えない。

やはり、優愛の考えすぎだったんじゃないか？

「そ、れ、よ、り……都築君、話の続きは教室の外でしようよ。早く行かないと、話す時間なくなっちゃうよ？」

南方は壁掛け時計を指差し、席から立ち上がるように俺を促す。

昼休み終了まで残り二十分弱——正直、急いで相談を始めたとしてもこの程度の時間では話に収拾がつきそうにない。ほとんど事情を話せず終わってしまいそうだ。

「悪いけど、やっぱり日を改めるか通話での相談でも構わないか？　今からだと、多分話し切れそうになくって……」

「なら日を改めて、休日に会って話す？」

「い、いいのか？」

思いがけない提案に、俺はつい聞き返してしまう。

「勿論《もちろん》。そうだ、明後日《あさって》なんかどう？　日曜日だけど、丁度予定がなくって。都築君は空いてたりしない？」

「あ、空いてるよ……っ！」

「本当？　だったら明後日に会おうよ。場所は……また都築君の地元にする？」

「前回が俺の地元だったたし、折角《せっかく》なら別の所にしてもいいと思う。俺の相談に乗ってもらうために、わざわざ来てもらうのも申し訳ないし」

「別にアタシは構わないけど、都築君が言うならそうしよっか」

「じゃあ、あとはラインで予定を決めよう。時間と場所の候補、考えておくから」

話を聞いてもらうのなら、今度は俺からお礼として何かご馳走《ちそう》したい。地元では選べる飲食店も少ないし、もっと栄えている場所の方が都合は良さそうだ。

それにしても、まさかこんなにも早くに二回目のデート……いや、今回の場合は会う理由が悩み相談だし、浮ついた呼び方をするには相応《ふさわ》しくないか。

まぁ、呼び方なんてどうだっていい。とにかく南方とまた休日に会える事が、俺にとっては嬉しくて誇らしいものだった。


「随分と楽しそうだね、お二人とも」


だが——そんな喜びで満ちた心は、不穏な空気により瞬く間に濁ってしまう。

女子生徒の興奮と男子生徒の戸惑いの声で、教室の中が搔《か》き乱される。

男子用の制服に身を包んだ幼馴染、湯城優愛——彼の……彼女の登場により、この場の雰囲気が呑《の》み込まれた。

話題の中心であった優愛本人が現れるとは、なんというタイミングの悪さだ。俺と南方が話し出すのを、どこかで見計らっていたとしか思えない。

「……優愛、どうしてここにいるんだ？　大した用なんてないだろ」

「大した用だよ。廊下で会っても目すら合わなくて、ラインを送っても返信一つなし……

あの日以降、なかなか話せる機会にも恵まれなかったしさ」

　確かに俺のスマホには、優愛から何件かのメッセージの通知が届いている。しかし、気まずさと考える時間欲しさから、ずっと返信を後回しにしてしまっていた。

　直接こうして相対すると、どういった顔をすればいいのか分からなくなる。……だからこそ、それを解決するための時間を設けようとしていたのだ。

　少しでも現実逃避がしたい一心で座席の隣に立つ南方を横目に映すと、彼女は彼女で真っ赤に火照《ほて》った顔を手で押さえながら、プルプルと体を震わせていた。

　思い返せば女子トイレ前で初めて優愛を目にした際にも、南方は彼女に対して「格好良《かっこい》い」なんて呟《つぶや》いていた覚えがある。

　久々に優愛を目の前にして、南方も緊張しているのかもしれない。それこそ、俺が彼女と話し慣れていなかった頃と同じように。

「んで、優愛は俺に話があって来たんだろ。どういう用件だ？」

「その前に、二人は何の話をしてたの？　廊下からちょっと見ただけでも話が盛り上がってるのが分かったから、気になっちゃって」

「別に、そこまで盛り上がっては……」

　まさか本人に向かって「優愛の件で相談に乗ってもらおうとしてた」なんて、口が裂けても言えるわけがない。

どう誤魔化《ごまか》そうかと言い渋っていると、優愛は視線の先を南方へと変えた。

「教えてもらってもいい？　南方さん」

「ひゃう……っ！　日曜、都築君と二人で会う約束をしていたところでしゅ……っ！」

「ちょっと待って南方さんっ⁉」

独特な返事と共に体をビクンと大きく反応させ、南方は話していた内容を正直に報告してしまった。

とはいえ俺が優愛の事で悩んでいるのは知っているものの、南方はその悩みに自身も関係している事までは把握していないのだから、答えてしまっても無理はない。

「ふーん。休日に二人で仲良くデート、ね？」

「はぁ……まぁうん、そういう事だ。で、肝心な優愛の用件は？」

何か言いたげな優愛の様子に溜《た》め息をつき、俺は話を切り替える。だが、その短い合間に彼女は何かを思い付いたらしく、小さく笑みを浮かべた。

「……いやぁ、奇遇だね。本当に、ベストタイミングだよ。実はボクも丁度、同じような誘いをしようと思って、空斗《そらと》に会いに来たところだったからさ」

同じような誘い？　こいつ、何を言い出すんだ……？

なんだか物凄《ものすご》く、嫌な予感がする――

「――そうだ、折角だし……こんなのはどう？」

しかもその予感は、どうやら的中していたらしい。

優愛はわざとらしく間を置くと、あえて俺ではなく南方に向かって、

「南方さんに空斗、それとボク——三人で一緒に、遊びに行くっていうのはさ」

誘惑するような甘く凛々《りり》しい声で——彼女はそう、提案した。

「三人……アタシも含めた、三人で出かけるの……？」

優愛の提案に、南方は戸惑いをあらわにする。……それはそうだ。こんな事を言ってくるなんて、まさか誰も思いはしない。

現に幼馴染《おさななじみ》の俺でさえも優愛の思考に理解が追い付かず、ただただ大きな困惑が心の中に募っているのだから。

その提案の意図は、おそらく俺と南方が二人で出かけるのを食い止めたいがため……けれど、三人で会ってどうするつもりだ？

南方との関係が良くなる前に間に入り、関係の妨害を目論《もくろ》んでいるとかが可能性としてはありえそうな線であるが、優愛がそんな性悪な策を実行するとも考えられない。

「南方さんはどう思う？　南方さんが『空斗とのデートを邪魔されたくない』って言うなら、ボクも無理強いはしないし引き下がるつもりだけど」

「待てよ、優愛！　勝手に言うだけ言って、俺の意見は――っ」

椅子から立ち上がり、彼女に詰め寄ろうと一歩を踏み出す。しかし、南方は俺を引き止めるように、腕を伸ばして上半身を掌で押さえてきた。

「……そうしよう」

「そ、そうしよう……？」

「都築君……今回は三人で一緒に、遊びに行こうよっ！」

「は、はぁ⁉」

まさかの承諾に、荒い声が出た。

「待て、本当に待ってくれ！　俺達が休日に会う理由、忘れたわけじゃないよな⁉」

南方の耳元に口を近付け、優愛に聞こえないよう声量を抑えて確認を取る。

「勿論、覚えてる……」

彼女は口元に手を添えながら後ろを向き、合わせて俺も優愛に背を見せた。

「よく考えて？　これって都築君からしても、すごいチャンスじゃない……？」

「俺にとっても……？」

「うん。相談前だから詳細は分からないけど、二人は喧嘩《けんか》してる最中みたいな感じなんでしょ？　多分、湯城さんは都築君と仲直りしたくて遊びに誘ってるんだよ」

喧嘩中というのは少し違う気もするが、第三者目線だとそう捉えられてしまうか。

「だとしたら、別に三人で会うのはチャンスと言わないんじゃないか？」

「二人きりだと冷静になれないかもでしょ？　だから仲介役としてアタシがいれば、話もスムーズにしやすいと思うんだよ……っ！　ねっ、ねっ！　どうかな!?」

「なんか、やたらと圧が強くないか……？」

「いやいや、そんな事ないからっ！」

南方は過剰に手を横に振り、俺が感じた事を否定する。

普段より目が輝いて見えるが、これは単なる気のせいか……？

「うーん、そうだな……」

それはそうと、この状況はどうするべきなのだろう？

優愛との関係を立て直したいのは本心だし、遅かれ早かれ彼女とは腹を割って話し合いをする必要がある。

ただ今のままではズルズルと先延ばしになって、タイミングを逃せばいつしか話をする場さえも作れなくなってしまうだろう。

だからこそ、俺は南方への相談を考えた。二人ではなく三人で出かけるとなると、その相談の仕方さえもさらに考えなくてはいけなくなりそうだ。

とはいえ、南方の意見も一理ある。優愛と二人での話し合いの場を設けたとしても、冷静に話せるか分からない。

少なからず南方がいれば、良くない姿を見せないようにと心にブレーキがかかる。よくよく考えれば、あながち悪くない案だ。

それに南方を交えて三人で遊んでみれば、優愛が彼女に向けている疑いの目も案外あっさり晴れてくれるかもしれない。

「……よし」

長い思考の末、俺は覚悟を決めた。

「南方さん……俺、そのチャンスにかけてみる事にするよ」

返答を待つ幼馴染の方へと振り返り、俺はごくりと喉を鳴らす。

「それで、空斗も承諾してくれるの？」

優愛の問いかけを受け、俺はじっと彼女の目を見つめる。

やっと手にした和解のチャンス——絶対に、取り溢《こぼ》すわけにはいかない。

「……明後日だ。予定通り明後日、三人で遊びに行こう」

「わかった。じゃあ、楽しみにしておくよ」

緊張感に包まれながら、俺は優愛の提案を承諾する。

こうして無事、日曜日に三人で会う約束は交わされた。

気持ちを伝える時は、ありのままで。

Osananajimi,
Tokidoki JK.
Ribbon wo Surunoha
Ore no Mae de.

「ちゅ、中止……っ？」

スマホに届いた南方《みなかた》咲歩《さほ》からのメッセージを何度も読み返し、俺は気が抜けたようにすとんと自室のベッドに腰を下ろした。

『昨日の夜から高熱が出ていて、明日行けそうにないです。

アタシから誘ったのに、本当にごめんなさい。

湯城《ゆしろ》さんに伝えたら「別日に三人で会おう」って言ってもらえたから、今回はなしにして、また後日予定を立ててもいい？』

クラスのアイドルである南方と幼馴染の湯城優愛《ゆうあ》、そして俺――都築空斗《つづきそらと》の三人で遊びに行く約束を交わした翌日の土曜……つまり、予定日の前日。

南方から体調不良の連絡を受け、予定は中止を余儀なくされていた。

「まぁ、こればっかりは仕方ないな……」

三人で会う目的が単なる遊びではないし、ぶっちゃけて言うと中止になったところでそこまで残念とも思えないのだが、自分なりに覚悟を持って優愛からの遊びの提案を承諾した事もあり、折角《せっかく》昨日から引き締めていた気持ちのやり場が見つからない。

仲介役に南方を据えて挑む、優愛との関係修復——メッセージを読む限りだと南方も別日に予定を組み直そうとしているようだし、完全な中止にはならないだろう。

「『了解です。今回の約束は気にせず、ゆっくり休んで。体調が良くなってから、また予定立てよう！』……っと」

スマホ画面をスワイプして文章を打ち込み、ひとまず彼女に返信する。

「そういえば、いつの間に南方とライン交換してたんだ？」

俺の前では交換する素振りなんて見られなかったが、体調不良の旨を南方が優愛にも伝えているという事は、俺がいない時に二人はどこかで会っていたのだろう。

遊びの約束を立てる上で連絡が取れないのは不便だし、連絡先を交換するのは普通の事だが、優愛の南方に対する警戒具合を考えると少し違和感がある。

——ピロン。

その時、メッセージの受信通知がスマホを震わせた。

「……優愛か」

画面に映った送り主の名前を見て、俺はアプリを開き直す。

おそらく明日の中止を伝える連絡が俺にも回ってきているか、確認のためにメッセージをよこしてきたのだろう。

「やっぱり……」

内容を読むと、案の定の文章が書かれていた。

「……『無事に連絡は届いてるから、安心してくれ』」

返信後、ふと俺は画面をスクロールして過去のやりとりを振り返る。

こうして優愛にメッセージを送るのも、今となれば久しぶりだ。最後の連絡は数日前に彼女から届いたもので、既読だけ付けたまま放置してしまっていた。

気まずさと送る内容を考える時間欲しさに返信を後回しにし、結局は送らずじまい。優愛の気持ちを考えれば、俺の行動は相当にタチが悪い。

「今更だけど、一応謝っておくか……」

既読無視をしていた件をメッセージで謝罪し、これを機に少しでも平常心で話せる状態に戻そうと、別の話題も振ってみる。

『南方さんとはいつ、連絡先を交換してたんだ？』

すると、俺の送ったメッセージはすぐに既読となった。

『金曜の放課後。南方さんが六組まで連絡先を渡しに来てくれたの』

なるほど。それは俺も気が付かないわけだ。

折角返信が来たのだから、ここで会話を途切れさせるべきではないだろう。

どう話を発展させようか頭を悩ませていると、続けてメッセージが送られてきた。

『遊びの中止、残念だったね。ボクも楽しみにしてたのに』

楽しみにしてた――その言葉が本心かは定かでないが、それとは別に優愛もこのまま会話を続ける気があるらしい。

『体調不良らしいし、会うのは治ってからになるな』

『早く良くなってほしいよね』

様子見とも取れる無難なやりとりを、俺と優愛は重ねていく。

短時間にこんな何件もメッセージのラリーをするのは初めてで、俺自身の人間関係の希薄さを改めて痛感させられた。

相手が優愛でなかったら、ここまで会話を発展させる事も難しかったはずだ。

『ところでさ』

送った早々にお互いが既読を付けては無難な返信をする流れを繰り返していると、その均衡を崩すかのように、若干強引にも優愛は話題を切り替えてくる。

改まった一文に、俺は指先の動きを止めた。

『明日は中止になったけど、もう他に予定入れちゃった？』

その問いかけに彼女が次に何を言ってくるのか、おおよそ予想がついた。

『中止の連絡が来たのはついさっきだし、まだ何も入れてないけど』

『だったら、ボクと二人で会わない？』

予想通りのラインに、俺は思わず唾を飲み込む。

『南方さんがいないけど、いいのか？』

『元々あの場に南方さんがいなかったら、二人での遊びに誘うつもりだったしね』

『何を目的に？』

『目的がなくちゃ、ボクとは会ってくれないの？』

そういうわけではないが、今のこの微妙な状態で優愛と二人きりで会うには、それなりの覚悟――心の準備が必要だった。

とはいえ優愛の提案をここで断っては、次に二人で会う時のハードルが今よりずっと高くなってしまう。

何か良い返しはないかと文字の入力と削除を何度もしていると、彼女のメッセージが先回って俺のもとへと送られてきた。

「『どうしても見せたいモノがあるから』……か」

モノというと、小学生の頃に俺が渡したプレゼントとかだろうか？　だとしても、それを俺にわざわざ見せようとする意図が理解できなかった。

『明日じゃないとダメなのか？』

『明日じゃないと、今後しばらく見せられない』

質問してもこれでは、尚更《なおさら》よく分からない。

しばらく見せられないとなると、どこかの景色や偶然にも明日起こる事象、祭りや花火大会なんかのイベントごとを指しているのか……？

『ちなみに、集合の場所と時間は？　二人で会うんじゃ、いつもみたく優愛が家まで迎えに来てくれるのか？』

『ううん。場所と時間は元のままにしてほしい』

二人で会うのに、予定はそのまま……？

約束を交わした日、教室に三人揃《そろ》っている間に集合場所と時間だけは前もって決めてしまっていた。

だが俺と優愛は家が近いのだから、場所はそのままでも一緒に出かけた方が……というか、これまでの彼女であれば絶対に「二人で行こう」と提案してきたはずである。

こいつは本当に、何を考えているんだ……？

ただいずれにしても、誘いに乗らない事には何一つ始まらない。

『わかった』

俺は意を決し、画面をスワイプする。

『場所と時間は予定通りに、俺と優愛の二人で会おう』

そう返信すると、彼女からは『うん』と二文字のみが返ってきた。

俺はここでやりとりを終了し、スマホを放ってベッドの上に仰向《あおむ》けで横たわる。

緊張を走らせながら目を閉じると、彼女との思い出が次々と蘇《よみがえ》ってきた。

明日次第で、俺と優愛の関係は大きく変わってしまうかもしれない。

それでも、あとはもう待つ事くらいしか――俺にできる事は残されていなかった。

☆

カーテンの隙間から漏れた日差しが、日曜の朝の訪れを告げてきた。

休日であるにもかかわらず、アラームが鳴るより先に目が覚める。二度寝しようにも珍しくそんな気にはなれず、俺は予定より早くに出かける準備を始めた。

姉貴が夕べに作り置いてくれた朝食を腹に詰め込み、顔を洗って歯を磨く。

「髪、どうするかな」

南方とのデート前は少しでも良く見られたい一心で、髪や服にまで気を遣っていた。

学校に行く時も寝癖ぐらいは直しているが、あの日は滅多《めった》に使わないワックスを付けて自分なりに学校とプライベートでのギャップを演出するのに必死だったのだ。

しかし、優愛と二人での外出となれば前提が違う。いくら格好を付けたとしても本来の俺を知っている彼女の前では、背伸びしたところで何も意味を為《な》さない。

けれどそれは、決して彼女を「異性として見ていないから」というわけではなく、俺が彼女を全面的に信用してしまっているがゆえである。

優愛と一緒にいる時、俺は取り繕わずありのままに過ごす事ができる――ありのままでいいという安心感が、俺の素《す》をそのまま包み込んでくれるのだ。

「優愛もきっと、俺と同じなのかもな……」

学校では男子用の制服を着ている彼女が、俺の前でのみ見せた女の子らしい姿――それを見せてもらえるのは、俺に信用を置いている証拠でもあるのだろう。

結局、髪型は学校に行く時と大して変わらないものにし、服もそこそこ気に入っているアイテムを何となく選んで身に纏《まと》った。

そうして時間に余裕を持って、家を後にする。

現地集合で彼女は迎えに来ないため、行き違いになる事もない。

ただ、優愛と会うのに一人で待ち合わせ場所へと向かうのは、普段の慣れのせいもあってかどことなく違和感と寂しさを覚えてしまった。

実家の最寄駅から電車に乗り、揺られ続けること約三十分。

南方を含めた三人で集まる予定だった駅で降り、俺は駅前の待ち合わせ場所で彼女の到着を待つ事にした。

「優愛との待ち合わせで、こんなに緊張する日が来るとは……」

関係が拗《こじ》れている相手と会うとなれば、誰だって気が張るものだろう。

また言い合いになるかもしれない。このまま絶交となってしまうかもしれない。——何もせず一人立っていると、不安の数々が次第に募っていく。

待ち合わせ時刻までは一時間弱と、もうしばらく余裕がある。

悩むくらいなら早く会ってしまった方が気はラクだし、時間があったところで心の余裕には一切繋《つな》がらず、むしろすり減っていくようだった。

「喫茶店でも入って、気を紛らわせるか」

外でうだうだ考えていても、彼女と会う前に気が滅入《めい》ってしまいそうだ。

俺同様に優愛が予定より早く到着していた場合に行き違わないよう、待ち合わせ場所から喫茶店に向かう間も周囲に目を配る。

とはいえ、普通に考えれば彼女がすでにこの場に来ている可能性なんてほぼないし、正直こんなにも早くに着いている俺がおかしいのだ。

「……え」

が——たった今、俺の目にはその待ち合わせ相手の姿が映ってしまった。

間の抜けた一音が、思わず口から溢《あふ》れ出てしまう。

数秒の硬直——そこからハッと意識が現実に引き戻されると、俺は彼女にバレないよう足早に建物の陰へと身を潜めた。

手の甲で目元を何度も擦《こす》り、その人物が本人かどうかの確認を繰り返す。

待ち合わせ相手から隠れるなんて、本来なら意味不明な行動だ——ただ、それは「本当に待ち合わせている相手」に限っての話である。

南方咲歩——遊びの約束を断った彼女の姿が、そこにはあった。

来るはずのない待ち合わせ相手の登場に、俺は動揺を抑える事ができない。

両サイドでそれぞれ結んだ金髪に小綺麗《こぎれい》なブラウスとカーディガン、丈の短いミニスカート——柔らかく可愛《かわい》らしい雰囲気の、女の子らしい身なり。

以前に地元で会った際、彼女の私服姿はこれでもかというほど目に焼き付けている。見慣れた制服姿でなかったとしても、見間違うはずがない。

だったら南方はどうして、この待ち合わせ場所に訪れている？

彼女は昨日、謝罪の言葉と共に「体調不良になってしまった」と連絡をよこし、今日の約束を断念している。

体調不良が治ったから、集合場所に顔を出した？　……いや、ありえない。

「遊びの予定を別日にしたい」と言ったのは南方だし、そもそもこれから俺が優愛と二人で会う事になったのを彼女には伝えていない。

体調不良というのは、俺達に会わないためについた嘘《うそ》？　それならなぜ、彼女は初めに決めた待ち合わせ場所にやって来た？

理由を考えれば考えるほど一向に見当がつかず、頭が混乱してくる。

見たところ南方がここに来た理由も、俺以外の誰かと待ち合わせをしているからで間違いはないだろう。

幸い、集合時間はもう少し後……ひとまず、しばらくは様子見だ。

万一にも体調不良というのが嘘だったらと思うとショックだが、であれば元の約束をキャンセルしてまで誰と会おうとしているのか、無性に気になってしまう。

口を塞ぎ、動揺を何とかして抑え込み、じっと耐えた。

こうして物陰に隠れ続けたまま、優愛が到着するまでの間を様子見に当てるのが最も良い選択——頭ではしっかりと理解できている。……そう、頭では。

……きっと、自分でも思っている以上にショックが大きかったのだろう。

心の中でしっかりと言い聞かせたというのに、俺は吸い込まれてしまった。

「……南方さん」

ふらふらと覚束《おぼつか》ない足取りで、南方のもとに歩く。

俺が憧れを抱いていた彼女の口から、納得できる理由を聞きたかった。

この場にいる理由を知り、俺の心に生まれてしまった疑心の芽を摘み取りたかった。

だったら仕方ないと……安心したかった。

気持ちが逸《はや》り、疑心と不安がそれぞれ膨張する。

「――南方さん……っ！」

そしてついに、気持ちは声へと変換された。

「……？　――っ⁉　つ、都築君っ⁉」

自身を呼ぶ声に気付き、南方は狼狽《うろた》えた様子で周囲をキョロキョロと見渡す。そうして俺と目が合うと、過剰なほどの動揺をあらわにした。

「何で……何で都築君が、今日ここに……？」

「そっくりそのまま、理由を聞かせてもらえないか……？」

お互いに状況を理解できないまま、俺達は対面してしまう。

南方の顔は今までに見た事がないくらいひどく強張《こわば》っていて、いつもの天使を彷彿《ほうふつ》とさせる優しげな表情の面影はどこにもなかった。

「あ……え、っと……」

両肩が小さく震え、左右の手はそれぞれ置き場所を見つけられないまま、言い訳を探すように腹の近くで落ち着きなく指先を絡ませ合っている。

「……南方さん、頼むよ。何か、真っ当な理由があるんだろ？」

憧れの人を、憧れのままでいさせてくれ。
彼女は嘘なんてつかないと、信じさせてくれ。
「都築君……ごめんなさい――っ」
しかしながら――俺の無責任な想《おも》いに反し、南方は背中を向けた。
駅の方へと駆け出した彼女の後を、反射的に俺は追いかける。
待ってくれ。……お願いだから、「違う」と言ってくれ。
謝るという事は、自分自身に非があると認めているのと変わらない。
嘘だと思いたいものは段々と真実味《しんじつみ》を増し、言い訳の余地すら消えていく。
憧れから遠ざかっていく彼女に、俺はひどい虚《むな》しさを覚えていた。
そんな時、ふと優愛が俺に告げた言葉が頭を過《よぎ》る。

――南方さんに恋するのは、やめた方がいい。

優愛と言い合いになった日、通学路で彼女が吐いたセリフ。
確証はなくとも、あいつは何かを察していたのだ。
未《いま》だ俺にも見えていない、南方が持ち合わせる「疑わしき点」を――

「折角《せっかく》会いに来たなら、三人で仲良く話そうよ」


搔《か》き乱された頭が、一瞬真っ白になった。

荒れた心を鎮めるように、その声は耳の奥へと馴染《なじ》んでいく。

ただ──声の主の姿が視界に入った時、俺はまたも混乱を余儀なくされた。

南方の足は数歩進むごとに動きを落とし、ついに立ち止まる。次いで俺も彼女の隣で足を止めると、俺達は同じ一点に向かって視線を注いだ。

「……優愛、だよな？」

その問いに、彼女はにこやかに頷《うなず》いた。

湯城優愛という女子高生は、俗に言う「男装女子」である。

学校では男子生徒用の制服に身を包み、周囲の人もそれを受け入れていた。

だから俺の──俺達の頭の中では、彼女の着る制服は男モノである事が当然であり、何か理由もなしに「もう一つの制服」を着ている姿なんて、想像もできないのだ。

ワイシャツの上に羽織った黒のブレザーと丈の短いチェックのスカートに、襟元には装飾された象徴的な赤いリボン。

優愛がそれを着ている姿を見てみたいと望んだ事はあるものの、その姿でいきなり現れられては、脳の処理にどうしても時間がかかってしまう。……まさか、学校指定の女子用制服を、優愛が着てくるなんて思いもしないのだから。

「ゆ、ゆう……さ……っ！」

隣に視線を向けると、南方は目を見開いて口を両手で覆っていた。

その反応も無理はない。高校生になってから一度だけ「女の子らしい私服姿」を目にした事がある俺でさえも、この状況に驚きを隠せなかった。

「こりゃ、どういう心境の変化だよ……？」

「体力テストの日にした約束、覚えてない？　頑張ったで賞として、何か一つだけお願いを叶《かな》えてあげるって話」

「……覚えてる。けど何で、わざわざ今日それを……」

「良いタイミングだと思ってさ。初めてそら君以外の同級生の前で『ありのまま』の姿を見せるなら、制服の方が分かりやすいし」

「分かりやすいって……いや、それより！　今、俺の事を『そら君』って……」

「それ含めて、ありのままだからね」

後ろで手を組み、優愛はゆっくりと前に足を進める。

そうして俺達の目の前に立つと、彼女は南方の肩に手を触れた。

「はう……っ！」

ビクンと大きく体が跳ねさせ、南方は顔を真っ赤にして後ろによろける。

「ボク、人に頼み事をする時って、本当の自分を見せないと相手に気持ちは伝わらないと思うんだ。……これは、ボクなりの覚悟だよ」

南方の肩を抱えるようにして支えながら、優愛は「一人称は癖付いて、なかなか変えられないみたいだけど」と、少し恥ずかしげに微笑《ほほえ》んだ。

「この状況を仕組んだのも、優愛なんだよな……？」

「むしろ、ボク以外には仕組めないでしょ？」

「……何が目的なんだよ、これは」

「話を聞いてもらうためだよ。この格好をしているのだって、繕ってる自分の言葉じゃ説得力に欠けると思ったからだしね。……それに、そら君はもう察してるでしょ？」

分かってる。まさか、ここまでやるとは思っていなかったが。

これは優愛なりの、俺への伝え方。

彼女の言葉が正しかったと俺に頷かせるための、証拠を突き付けているのだ。

南方咲歩というクラス内カーストトップの中心人物が、何を理由に俺のような冴《さ》えない男子に急接近し、親しくなろうとしていたのかを――

「少し、腰を据えて話そうよ」

「……」

優愛の提案に、南方は顔を伏せたまま黙り込む。そんな彼女を横目で見つめながら、俺は「わかった」と小さく返事した。

近くのベンチに南方、優愛、俺の順に三人並んで腰を掛けると、優愛は昨日の出来事について語り出す。

「南方さんからの『体調不良になった』って連絡……もう気付いてると思うけど、そら君にそうメッセージを送るように指示したのは、他でもないボクなんだ」

「……だろうな」

聞くと、優愛が指示を出したのは遡ること昨日の夕方——体調不良を理由に約束を別日に変更したいという連絡を受ける、ほんの数十分ほど前の事だった。

南方は俯《うつむ》いたまま、膝の上でぎゅっと拳を強く握りしめている。

否定をしないという事は、優愛の言葉に嘘はないのだろう。

そもそもこんな嘘をついてもメリットがないし、話し始めた時点で彼女の発言に疑う余地はなかった。

「それで肝心なところ、南方さんに嘘をつくよう指示した上で俺とは別々に呼び出したのは、彼女の裏の顔を俺に見せるため……で合ってるか？」

「うん、ご名答だよ」

裏の顔、南方が俺に近付いてきた理由。

俺と優愛との三人で遊ぶという約束を先送りにして、俺の知らないところで優愛と二人きりで会おうとしていた彼女の、真の目的。

「優愛はもう、南方さんが自ら俺に接近してきた理由を知ってるのか？」

「何となくは察してるつもりだよ。……あんまり、ボクの口からは言いたくない内容だけどね」

「そりゃ、人が抱えてる秘密を憶測では話したくないよな」

「それもあるっちゃあるけど、違ったらボクが恥ずかしいし……」

「？　どうして優愛が恥ずかしくなるんだ？」

「それはその、自意識過剰だったっていうか……ね？」

ダメだ、見当がつかない。

というか南方の言動に裏がある事すら知らず、まんまと騙《だま》されて舞い上がっていた俺の方が、すでによっぽど恥ずかしいのだが……。

どちらにせよ優愛だって確証がないのであれば、本人から聞いてみるほかこのモヤモヤを取り除く事はできない。

憧れの人に嘘をつかれた挙げ句、当初の約束日に隠れて二人で会おうとされていた以上にショックを受ける事なんてそうそうないだろうし、どうせ何を聞いても落ち込む結果になるのなら、全てを知ってしまった方がいっそ清々《すがすが》しい。

「こんな状況だ。できる事なら南方さんの口から、俺なんかに関わろうとしてきた理由を聞かせてくれないか?」

意を決して、俺は「事の顚末《てんまつ》を教えてほしい」と投げかける。

すると南方は口を小さく開いて、静かに息を吸った。

「……から」

微《かす》かな声で、何かを言う。

肝心な箇所を聞き取る事ができず、俺は彼女に耳を傾けた。

「悪い、もう一度言ってもらってもいいか?」

「ゆ……様、お近……思ったから」

途切れ途切れではあるものの、聞き取れる箇所が増える。しかしそれでも、南方の話を理解する事はできなかった。

こんなたじたじとなった彼女は、これまで一度も見た事がない。

申し訳なさか罪の意識か、はたまた「自分は悪くない」という他責思考を抱えてか、普段の南方からは想像もできない雰囲気である。

ただ、このままでは埒《らち》が明かない。

俺は再び南方に、はっきりと口にしてもらえるよう言葉を――

「――アタシは……っ！」

かけようとした直後、彼女はベンチから勢い良く腰を上げた。

さっきまでとは打って変わった大声に、場の空気が呑《の》み込まれる。

「……っ⁉」

南方の視線が突き刺さり、俺は思わず姿勢を正す。

そのまま彼女はベンチに座る俺の前に立ち、睨《にら》みを利かせながら見下ろしてくる。

どことなく凄《すご》みのある目つき――申し訳なさや罪の意識、他責思考とも違う俺に対しての身に覚えのない「敵意」が、そこには宿っているように感じた。

しかし、視線が俺から外れると同時――いや、俺の隣に座っている優愛が彼女の視界に入った瞬間、南方の鋭い目つきが一瞬だけ和らぐ。

「……アタシはね、都築君」

そして彼女は、俺の両肩を自身の両手でそれぞれ摑《つか》む。

気持ちを鎮めるように声を落ち着かせるが、肩を摑んだ南方の手は声に反比例して徐々に力がこもっていった。

おそらく、彼女なりの自制……必死の抵抗だったのだろう。

だが――そんな抵抗も俺の肩から手を放し、「理由」を口に出したその瞬間、

「ゆう様の近くにいるあんたが、すっっごく！　羨ましかった――っ!!」

タガが外れたみたいに、盛大に暴発してしまった。

「ゆ、ゆう様ぁ……っ!?」

南方が口にした呼び方を、俺は声を大にして繰り返す。

優愛が芽吹《めぶき》高校に転校してきてから校内で勢力を拡大している彼女のファン達、通称「ゆうズ」――今の「ゆう様」という呼び方は、奴《やつ》らが使う優愛の愛称だった。

まるで男性アイドルを神格化させているかのような、仰々しい呼び名――一般生徒や教職員は勿論《もちろん》、俺を含めて彼女をそう呼ぶ人は連中以外に存在しない。

南方が吐いた「羨ましい」という俺への羨望――驚きのあまり数秒固まってしまいはしたが、俺はその意味を理解し始める。

そして優愛の表情が視界の隅に映った時、やっと全てが腑《ふ》に落ちた。

違ったらボクが恥ずかしい――確かに違っていたら今頃、彼女は大恥をかいていたであろう……が、どちらにせよ恥ずかしい思いはしているらしい。

かなり気まずそうに、優愛は膝に手を置いて息を殺すように下を向いていた。

「えーっと、その……なんだ。つまり、南方さんは優愛の事が……」

「待って！　あんたの口から言わないでよ、ばかぁ！」

「っ……」

優しかった南方の口から出た直接的な罵倒に、胸が締め付けられる。

「その言葉は、アタシから言わなくっちゃいけないの……っ！」

瞳に涙を浮かべながら、彼女は歯を食いしばってまたも俺を睨み付けた。

「……あんたに関わるようになった理由だっけ？　もう全部バレてるし……この際、教えてあげる。あんたと一緒にいれば、ゆう様とお近付きになれると思ったからだっ！」

「俺と優愛の関係が拗《こじ》れた時、俺達の仲を戻そうとしてくれてたのも……？」

「ゆう様とあんたが仲悪くなったら、アタシがゆう様とお近付きになるチャンスまでなくなるでしょ！　ちょっと考えれば分かる事だから……っ！」

「あ、ああ……そうか、そういう事だったのか……」

夢から覚めたような気分だった。

女子トイレ前での勘違いのお詫《わ》びとして誘われた遊びも、元を辿《たど》れば優愛がきっかけとなっている。

デート中やその他の会話、二回目の会う約束を交わした時だって、思い返せばほとんどが優愛に関連するものばかりだ。

南方ほどの人気者が俺との距離を縮めようとする事自体、理由でもない限りありえはしないのだ。

薄々感じていても尚《なお》、夢を見続けようとした結果がこの現状である。

優愛は早い段階からそれに気付き、注意喚起をしてくれていた。

全ては他でもない、俺のため――だというのに彼女の訴えに聞く耳すら持たず、あろう事か突き放すような態度を取ってしまっていたなんて。

南方に騙されていたと知り、落ち込みはする。だが今はそれ以上に、優愛を信じようとしなかった申し訳なさと後悔で、心が押し潰されそうだった。

「……そら君」

肩を落とした俺に身を寄せ、優愛は優しげな声と共に掌《てのひら》で背中をさすってきた。

「南方さん、君の気持ちは嬉《うれ》しいよ。そうまでしてボクと仲良くなりたいと思ってもらえるなんて、ありがたいと思う。……でもね」

優愛はベンチから立ち上がると、南方と目を合わす。

「ボクを想《おも》ってくれるなら、今後一切……こういう事はやめてほしい」

そして言い聞かせるように、はっきりと、

「ボクの大切な人を悲しませるような真似《まね》だけは、二度としないでもらえるかな？」

厳しい口調で、優愛はそう告げた。

俺以外にここまで感情をあらわにしている彼女を見るのは、今日が初めてだ。

この怒りも、俺を守るためのもの。

俺が南方の言動で、これ以上は傷付いてしまわないようにと……。

「う、ううぅ……ごめん、ごめんなさい……」

優愛の言葉を受け、南方は鼻をヒクつかせながら肩を震わす。

「でも、本当にアタシ……ゆう様が大好きで、毎日話せる機会を窺《うかが》って……だからどうにか、ゆう様との接点を作りたくってぇ……っ」

謝罪の最中に想《おも》いが溢《あふ》れ、南方はほぼ告白同然の言葉を優愛に伝えた。鼻の先を真っ赤にし、子供のように目元を擦《こす》って泣きじゃくりながら。

「やり方は間違ってたけど、想いはしっかり受け取るよ。……ありがとね」

優愛はそっと南方の腰に手を回し、抱擁する。

「南方さんの言う『大好き』って、どういう意味のもの？」

「出会ってすぐ一目惚《ひとめぼ》れして、最初は『推し』として見てて……けれど今はリアコみたいに、恋愛……付き合いたい人としても思えてっ……。今まで男に対してもこんな気持ち抱いた事なかったから、アタシもまだ全部は分からなくって……っ」

「……そう」

南方の心情を汲《く》み取《と》り、優愛は小さく頷《うなず》いた。

「これは身勝手な話だけど……自分を好いてくれた人とは、できる限りボクも仲良くしたいと思ってるの。南方さんの『付き合いたい』って想いには、応えられないけど」

腰に回していた手を退《ど》かし、優愛は柔らかく微笑《ほほえ》む。

「ボク達、南方さんさえよければ『友達』として……関係を築けないかな？」

「……っ」

まるで奇跡でも目の当たりにしたかのように、南方は信じられないといった表情でぴたりと硬直し、涙を流した。

優愛からの厳しい言葉を受け、すでに関係を築く事を諦めていたのだろう。

しかし、優愛はそう簡単に人を拒絶したりなんかしない。まして自分に好意を持ってくれていたがゆえの失敗となれば、尚の事である。

他人を慮《おもんぱか》れる奴だからこそ、こいつといると居心地が良いのだ。

願望とは異なるものの、優愛から差し出された「友達になろう」という提案——南方がそれを呑むかどうかは、答えを聞く前から分かり切っていた。

「ぜひ……ぜひぜひ、おねがいしまひゅ……っ！」

興奮のあまり早口かつ噛《か》み噛《か》みになりながら、南方は激しく首を縦に振った。

俺が騙されていた事は置いておいて、南方の件は丸く収まりそうである。

とりあえず、この場は一件落着——

「都築空斗っ！」

と、安堵《あんど》した矢先。

南方は鋭い眼光と共に、力のこもった人差し指を俺に向けてきた。

「あんたを利用しようとした事は謝る。ごめんなさい。……でも、これからは正々堂々と戦わせてもらうからっ！」

「た、戦わせて……？」

「そう！　性別とか幼馴染《おさななじみ》とか、なーんにも関係ないっ」

どうやら彼女は、完全に吹っ切れたらしい。

さらにはあろう事か、俺を対等なライバルとして捉えてしまったようである。

「ゆう様はあんたに譲らない……もう、絶対に負けないからっ！」

まさか南方に「恋敵」として宣戦布告される日が来るとは、夢にも思わなかった。

「……なんて複雑な心境だよ」

元々憧れていた異性から向けられた、羨望とプライドの織り混ざった感情。

告白したわけでもないのにフラれたも同然の状況だが、クラスメイトは知らないであろう南方の素《す》の性格に触れる事ができたのは、ほんの少し誇らしくもあった。

「……じゃ、アタシは帰る。後は二人で好きにやって」

南方は俺達のもとから立ち去ろうと、駅の方に歩き始める。

「えっ……。『友達になろう』って話が進んだのに、先に帰るのか？」

「今日は仕切り直し。利用しようとしたお詫びに、今回だけは大人しくゆう様を独占させてあげる。……でも、次に学校で会ったら覚悟しておいて」

振り返ると、彼女は俺を睨みながら右目の下に人差し指を当ててみせた。

「アタシ、極度の同担拒否だからっ！」

舌を出してべーっと挑発し、左目から溢れた涙を手の甲で拭う。そうして顔を見られないように、南方は足早にその場を去っていった。

「……行っちゃったね」

「ああ……」

彼女の背中を見送ると、優愛は気が抜けたみたいにすとんとベンチに腰を落とす。再び隣に座った彼女の横顔を目に映し、俺は頭を掻《か》いた。

「……優愛、ごめんな」

「ん、何が？」

「忠告してくれてたのに聞く耳すら持たず、優愛を突き放したろ。……一人舞い上がって騙《だま》されて、最後には助けてもらって」

後悔と情けなさで、胸が一気に覆い尽くされる。

優愛が都築家で夕飯を食べた日の帰り道、俺は彼女を守ると約束した。

それなのに、現状は守るどころか守られる側に回ってしまっている。

とてもじゃないが、まともに顔向けできそうにない。

「そんな気に病まないでよ、そら君」

優愛は背もたれに体を預け、姿勢を正して伸びをする。

「結果だけ見ると今回はボクがそら君を助ける形になったけど……見方を変えたら、実はボクの方だってそら君に助けられてたりするんだよ？」

「……どういう意味だ？」

「南方さんはボクと繋《つな》がりを持つために、そら君を利用しようとしてたわけでしょ？　普通じゃ考えられない変な方向に行動力がある人は一定数いて、あの子も多分その一人だった。……そら君がいなかったら、その変な行動力が直接ボクに向いていたってわけ」

「つまり、南方さんが優愛と接近する前に俺が一つクッションになってたから、優愛は直接的な被害を受けずに済んで、間接的に助けられていた……と？」

「うん、そういう事っ」

「……随分、俺にとって都合の良い解釈だな」

「事実だからさ。実際、あの子はそら君と二人で会ってた時、ボクの家も探ろうとしてたんだよね？　下手《へた》したら、ボクが直接尾《つ》けられてる可能性だってあったんだよ」

確かにその通りだが、それで俺に助けられたというのはあまりに大袈裟《おおげさ》である。

そういう世界線があったかもしれないというだけの話で、やはり助けられてしまったのは俺だし、優愛を突き放すような行動をしてしまった過去も消せはしない。

「おや？　まだ納得できない、って顔してるねー？」

内心で自身を責めているのが、表情に出てしまっていたのだろう。

彼女は俺の顔を下から覗《のぞ》き込み、ふっと笑みを浮かべた。

「まぁ、そら君の気持ちも分かるよ。ボクがそっちの立場だったとしても、自分の行動を悔いてたと思う……けどね？　ボク、嬉《うれ》しかったんだ」

「嬉しかった……？」

「小学生の頃、ボクはそら君に助けられてばかりだったから……目に見える形で、そら君を守る事ができて」

優愛は目を細め、満足げにニタリと口角を上げた。

俺を気遣って取り繕った言葉では、決してない。

彼女の表情から、それが本心である事は容易に伝わってきた。

「ったく、中身までイケメンかよ。……本当、敵《かな》わないな」

「イケメンなんかじゃないよ。強いて言うなら、中身『だけ』ね」

「ああ……そうだな」

体力テストの日に伝えた俺の願いを聞き入れ、あえて今日を選んで女子の制服を着てきた優愛の外見からは、男子らしさなんてほぼほぼ感じられなかった。

「……ただささ。いくら今回の件を優愛が良いように捉えてくれたところで、やっぱり俺の気持ちは収まりそうにないな……」

「本当に気にしなくっていいよ？　ボクだってお節介承知で、そら君を半ば強引に南方さんから引き剝がそうとしてたわけだし」

「うーん、でもなぁ……」

「あっ。だったら今回のお詫び兼お礼として、ボクのお願いを聞いてくれない？」

どうやら、何かを思い付いたらしい。

優愛は俺の膝上に両手を添え、キラキラとした眼差《まなざ》しで目を合わせてきた。急なボディタッチにたじろぎつつも、俺は必死に平静を装う。

「……お、俺に叶《かな》えられる事なら、何でも言ってくれ」

「ほんと⁉　……なら早速、率直な感想を教えてほしいなっ」

興奮気味に声を弾ませ、優愛はベンチから立ち上がる。そしてくるりと一回転し、スカートを柔らかく風に舞わせた。

「女子の制服を着てるボクが、そら君の目にはどんな風に映ってるのか……まだ何も言ってもらえてないから、気になっちゃって」

「お詫《わ》びって普通、何か物をあげたり飯を奢《おご》ったりするものじゃないのか？」

「そら君のお願いだって、ボクが『これ』を着てるところが見てみたいって内容だったでしょ？　物や食事じゃなくって、そら君の感想を聞きたいのっ！」

　女子の制服を着ている優愛を見ての感想なら、すでに頭に浮かんでいる。

　ただこれを本人に伝えるとなると、どうしても気恥ずかしさが先行してしまった。

　とはいえそう願われては、言ってしまう以外に選択肢もない。

　どちらにせよ、自分でタイミングを見計らって伝えようとしていた事だ。

　足から頭へと視線を上げながら、優愛の貴重な女子の制服姿を目に焼き付けていく。

　そうして彼女と目が合うと、俺の口は無意識のうちに勝手に開いた。

「……可愛《かわい》いな、本当に」

　いつの間にか恥ずかしさすら抜けて、真っ白になった頭で俺はつい溢《こぼ》してしまう。

　何一つ繕っていない、本心からの感想——優愛もそれは理解しているらしく、ド直球な言葉を受けた驚きからか、無言で頰《ほお》を真っ赤に染めていた。

「え……いや、その……あー、もうっ！」

　そんな彼女のピュアな反応に、俺の頭の中はふっと色を取り戻す。途端、自身の発言に対する恥ずかしさが全身を駆け巡った。

　照れを隠すように頭を掻きながら、俺は腰を上げてベンチを後にする。

「あっ……ちょっと、そら君っ！　いきなりどこ行くの!?」

「こんな所にいても時間が勿体《もったい》ないだろ！　それに、二人で遊ぶ約束をしてたんだ。当初の予定通り……昼飯でも食べに行こう」

心情を悟られたくないと思えば思うほど、言い訳がましく口数が増えていく。

急いで後ろをついてくる優愛の顔すら見られないのは、本当に情けない。

ただ——いくら恥ずかしくても伝えなくてはならない事が、一つだけあった。

後悔から芽生えた俺なりの覚悟——決意表明のため、彼女の願いを叶《かな》えるためにも、二度と同じ失敗をしないよう誓わなくてはならない。

「……これからは、俺が優愛を守るから」

その言葉を告げると、彼女は前を歩く俺の手をぎゅっと掴《つか》んだ。

「ボクにも、そら君を守らせてよ。……昔、そら君がボクにしてくれたみたいに」

普通、ナチュラルにこんなセリフが出てくるものか？

やはり外見どころか内面も、こいつには一切歯が立ちそうにない。

しかし……存外、悪い気はしなかった。

優愛が傍《そば》にいてくれたなら、きっと何よりも心強い。

「……もっと頑張って、追い付かないとだな」

いつか彼女にとっての俺が、そういう存在になれるように。

恥ずかしげもなく格好良《かっこい》いセリフを言えていたあの頃みたいに、胸を張って優愛の隣を歩けるくらいの自信を、また取り戻せるように——

エピローグ

Osananajimi, Tokidoki JK. Ribbon wo Surunoha Ore no Mae de.

「空、さっさと支度しろって！　インターホン鳴ってんぞ⁉」

「聞こえてるよっ。すぐに行く！」

自宅一階から聞こえてくる都築奏海《つづきかなみ》の声に返答し、俺は急いで部屋を後にする。

「ったく、たまにゃ自ら迎えに行ってやったらどうだ？　毎日毎日、空は家で呑気《のんき》に待ってるだけって……あんたのプライドはいずこへ？」

階段を駆け下りた先で顔を合わせると、姉貴は呆《あき》れた様子で溜《た》め息をついた。

「別に待ち合わせはしてないし、あいつが勝手に迎えに来てるだけだ」

「だとしてもだろ。空は本当に乙女心《おとめごころ》を分かってねーな？　気まぐれでも迎えに来てもらえたら、きっとすごい喜ばれんぞ？」

「俺が迎えに行ったら、逆に心配されるだけだ」

確かに喜びはするかもしれないが、これが昔からの俺達の朝の始まりである。

もうしばらくの間、俺はこの懐かしさを噛《か》みしめ続けていたかった。

姉貴と話しながらも玄関前へと移動し、靴紐《くつひも》を結びつつ鏡に映る自分を見て制服と髪が乱れていないかの最終チェックを行う。

「よし。じゃあ、行ってきます」

「おう、気を付けてけよ」

ようやく出発の準備を終えた俺は姉貴と挨拶を交わし、扉のノブに手を掛ける。

扉を開けた先には、いつものように微笑《ほほえ》む彼女の姿があった。

白のワイシャツに黒のブレザー、ストライプ柄のネクタイを締めた男装女子――小学生の頃からの幼《おさな》馴染《なじみ》である湯城優愛《ゆしろゆうあ》が、今日も俺を迎えに来てくれていた。

「そら君、おはよっ！」

「ああ、おはよう。悪いな、散々待たせて」

「気にしないでよっ。昔から、ボクが来たくて来てるんだからさ？」

「だったらいいけど……。今日は待たせすぎたし、ちょっとだけ急ぐか」

俺は駐輪場から自転車を取り出し、優愛とそれぞれペダルを漕《こ》ぎ進める。

一時的に関係が拗《こじ》れて喋《しゃべ》りすらしない期間までできた俺達だったが、先週の日曜に和解をし、今はこうして無事に元の関係へと戻れていた。

一緒に過ごしているだけで心が通じ合うような相手――優愛と何日間か離れた事で、彼女が自分の傍にいてくれる事で得られる安心感を、改めて痛感させられた。

同時に、小学生の頃に抱いた虚無感までもが掘り起こされる。

優愛が転校していった後、心にぽっかりと空いてしまった大きな穴。それを一度味わっているにもかかわらず、今度は自らの行動で同じ思いをしそうになっていた。

我ながら自身の学習能力の低さに、溜め息が出てきてしまう。

とはいえ、こうしていつも通りの生活に——一度途切れた小学生時代のような毎日を再び紡げているのだから、結果オーライである。

ただし、全てが全て元に戻ったわけではなかった。

高校での奇跡的な再会後に過ごした、長いようで短い日々——そんな中で大きく変化していった、ある一人との人間関係。

自転車で駅まで向かい、電車に乗って芽吹《めぶき》高校の最寄駅に到着すると、その「大きな変化」が俺達に……いや優愛に対して、騒々しく手を振っていた。

「あっ、またいるね……」

優愛はボソリと呟《つぶや》いて、隣を歩く俺に「行こっか」と声をかける。

「ゆう様っ、ゆう様ーっ！」

同じ制服を着た高校生がたくさんいる通学路で、彼女は恥ずかしがる素振りも見せずひたすらに叫んでいた。さながら、アイドルの出待ちのように。

「もぉ……。わざわざ出迎えなくってもいいのにね？」

「優愛がそれを言うのか？」

「ははっ。確かに、それもそっか！」

南方咲歩《みなかたさほ》——金髪のツインテールが印象的な、クラスカースト上位の女子高生。

未《いま》だ優愛の登校待ちを続けている「ゆうズ」の中に南方も紛れているのだが、彼女はその集団内でも一際目立つ存在と化していた。

自身の行動の末に手にした「友達」という肩書きを前面に押し出し、南方は塊となって出待ちする奴《やつ》らを掻《か》き分けて、優愛のもとへと辿《たど》り着く。

「おはようございますっ、ゆう様！　お荷物お持ちしましょうか？」

「おはよう、南方さん。でも、友達にそういう気配りいらないよ。空斗《そらと》、代わりに持ってもらったら？」

「冗談よしてくれよ。俺だって持ってもらいたくないって……」

「ゲッ、都築空斗……。あんた、いつからいたの？」

「最初からだ！」

あの一件より前と比べて、物凄《ものすご》い態度の変わりようである。

優愛の策略によって俺達三人が集まった日、南方は俺を「恋敵」として捉えた上で「優愛の事は譲らない」と宣戦布告してきた。

以降、これまで目に映っていた心優しい彼女の姿は綺麗《きれい》さっぱりと消え、俺と話す時のみ建前抜きの本心を遠慮なくぶつけてくるようになったのだ。

それに伴い俺が南方に抱いていた憧れも薄れていき、現在はただの女友達――いや、友達とも呼びがたい「普段から一緒にいる奴」へと関係に変化が生じた。

ただそれは、決して悪い変化ではないのだろう。

過去に囚《とら》われるがあまり止まっていた世界が、優愛との再会を機に動き出した。

南方との関係に変化が起きたのも、俺の人生が前に進んだ証拠である。優愛がいなければ、俺は南方に憧れを抱いたまま高校生活を終えていたに違いない。

これからも俺の生活は、大なり小なり変わっていく。

その中で俺と優愛の関係がどうなるか、今はまだ定かでない。

再び離れ離れになってしまう可能性だってあるし、もう叶《かな》わないと思い込んでいた「約束」を果たす未来も――もしかすると、まだありえるのかもしれない。

記憶の中にある女の子らしい見た目をした彼女と、俺なんかよりよっぽど格好良くなってしまった今の男装している彼女が、瞳の奥で重なった。

「そろそろ行こう、優愛」

次第に集まってきた人の波に流されないように、俺は彼女の手を握る。

「……うん、急がないとだもんね！」

どこか懐かしくなる、初々《ういうい》しい表情。

俺の行動にほんの少し驚いてはいたものの、優愛は笑顔で小さく頷《うなず》いた。

数年の空白を埋められるくらい、ひとまず彼女との思い出を紡いでいくとしよう。
環境や見た目が変わっても、根本は変わらない。
別々の道で様々な過去を踏みしめても、きっとあの頃は取り戻せる。
俺は優愛の手を引いて、いつものように通学路を歩き出した。

あとがき

初めまして、もしくはお久しぶりです。花宮拓夜《はなみやたくや》と申します。

この度は本作『幼馴染、ときどき女子高生。リボンをするのは俺の前で。』をご購入くださり、誠にありがとうございます。

自分は第二十七回スニーカー大賞にて《銀賞》を受賞させていただき、『メンヘラが愛妻エプロンに着替えたら』という作品でデビューをしたのですが、そのシリーズは全二巻で完結となり、それからようやく新作を刊行する事ができました。

こうしてまた本を世に出す事ができ、今は一安心しています。

受賞当時はまだ大学生の身だったのですが、現在は就職して兼業作家になりました。

学生時代と比べて起床時間は早くなったものの、仕事終わりは睡眠よりも執筆や趣味に時間を割いているため、遅寝早起きが日常となっています。

自分は実家に住まわせてもらっているのですが、両親の支えがなければきっと今頃は食事も睡眠もろくに取らず、まともとは程遠い不健康生活を送っていたことでしょう。

本作はカクヨムネクストでの連載から刊行に至りましたが、慣れない作業に加えて時期や体調面の問題もあり、かなりハードな制作期間となりました。

本編の執筆中に会社が繁忙期に突入し、著者校正時には新型コロナウイルスに感染、完治後は突発性難聴を患ったりと、それらによって心身ともに疲弊していました。

高熱や耳鳴り、薬の副作用による吐き気に耐えながら制作にあたった記憶は、一生忘れられそうにありません。そろそろ本格的に、健康面を意識した生活習慣を身に付けないといけないような気がしてきました。……創作活動を続けるためにも、頑張ります。

本作を刊行できたのは生活を支えてくれている家族は勿論《もちろん》、メンタルのケアをしてくれていた地元の友達、出版関係の皆様のサポートがあったからこそです。

また、何度も打ち合わせに付き合ってくださった担当編集のナカダ様、作品の魅力を最大限に引き出してくださったイラスト担当の昌未《まさみ》様には感謝しかありません。

この場を借りてお礼を言わせてください。ありがとうございました。

そして、この作品をお手に取ってくださった皆様にも心より感謝申し上げます。

読者の方々に少しでも「面白かった」「読んでよかった」「良い時間を過ごせた」と感じていただければ、それ以上に嬉《うれ》しい事はないです。

SNSでの感想やファンレター等、お待ちしています。

いつかまた、どこかでお会いできたら嬉しいです。

花宮拓夜

幼馴染《おさななじみ》、ときどき女子高生《じょしこうせい》。リボンをするのは俺《おれ》の前《まえ》で。

著　花宮拓夜《はなみやたくや》

角川スニーカー文庫　24565
2025年3月1日　初版発行

発行者　山下直久
発　行　株式会社KADOKAWA
〒102-8177 東京都千代田区富士見2-13-3
電話　0570-002-301（ナビダイヤル）

印刷所　株式会社暁印刷
製本所　本間製本株式会社

●お問い合わせ
https://www.kadokawa.co.jp/（「お問い合わせ」へお進みください）
※内容によっては、お答えできない場合があります。
※サポートは日本国内のみとさせていただきます。
※Japanese text only

Printed in Japan　ISBN 978-4-04-116018-3　C0193

★ご意見、ご感想をお送りください★
〒102-8177 東京都千代田区富士見2-13-3
株式会社KADOKAWA　角川スニーカー文庫編集部気付
「花宮拓夜」先生「昌未」先生

Kadokawa Sneaker Bunko